LA PREFAZIONE DELLE MIE OPERE FUTURE

OPERE FUTURE

AF209488

IL GATTO

GIOVANNI RAJBERTI

© 2023 Culturea Editions

Texte et illustration de couverture : © domaine public
Edition : Culturea (Hérault, 34)
Contact : infos@culturea.fr
Retrouvez notre catalogue sur http://culturea.fr
Imprimé en Allemagne par Books on Demand
Design typographique : Derek Murphy
Layout : Reedsy (https://reedsy.com/)

Dépôt légal : janvier 2023

Tous droits réservés pour tous pays

ISBN : 9791041843183

LA PREFAZIONE DELLE MIE OPERE FUTURE

SCHERZO IN PROSA

DEL

MEDICOPOETA

Qualche cosa sarà, saran parole,

Sarà un libro, sarà quel che Dio vuole.

PASSERONI.

A spese dell'Autore

Quand'io pubblicai la versione della prima Satira Oraziana, fu un tale ravvedersi di tutti gli Avari, che almeno in Milano non se ne troverebbe più uno a cercarlo colla lanterna di Diogene. Meravigliato di tanto frutto, proposi a me stesso di cimentare ogni anno la mia modestia con qualche libercolino morale: perchè se a ciascuna operetta succede la soppressione d'un vizio, io condurrò presto il paese a quell'ameno vivere tanto sospirato da alcuni Veggenti; allorchè amandoci, chiamandoci tutti fratelli, e melodiosamente cantando, vuol essere una tale felicità da sdilinquire di tenerezza al solo pensarci. Ma siccome dal voler fare al fare passa una distanza sensibile come dai peccati di desiderio a quelli d'opera, così io mi trovo già passato il settembre non avendo sui fatti proponimenti che il rimorso dell'omissione. Devo però dichiarare a mia discolpa, che quest'anno io fui tormentato dal demonio dell'Accidia, per quanti sforzi io facessi a levarmelo d'intorno. Oh se sapeste che brutti tiri m'ha fatto questo crudele nemico di tutte le buone azioni e financo delle cattive! Egli giunse a tale di perfidia che mi rilegò le tante volte per delle ore fra le sedie di un Caffè a meditare sulle sciarade, a commentare i più filosofici articoli de' giornali cogli amici, ad udire dalle loro labbra le mormorazioni, lo credereste! perfino a ravvivarle. E vi so dir io che contro sì funesto persecutore non vale di solito energia di risoluzioni: ma solo rimedio è uno di quelli accessi furiosi di filantropia, dai quali il cielo vi scampi se siete inetti a dar loro sfogo almeno con un opuscolo zeppo di vedute umanitarie. Io che non appartengo ai pochi che leggono, ma ai molti che vogliono esser letti, scosso da sì urgente bisogno del cuore, sono qui colla penna in mano ostinato più che mai nell'intenzione di scrivere e di stampare. Se non che mancandomi i materiali per fabbricarmi un libretto, e fin anco la fantasia per trovare un bel titolo, ho pensato di ripiegare con una prefazione.

E perchè no? si fanno tanti libri senza prefazione, e non si potrà tentare una prefazione senza libro? Credo anzi che il pensiero non sia nuovo dacchè molte opere giungono felicemente al loro termine quando, salvo la noja sostenuta, crediamo d'aver appena letto l'avviso del tipografo al lettore benevolo. Non una proposizione provata, non una promessa tenuta, l'argomento vergine come alla pagina del frontispizio: eppure il libro è finito per questa buona ragione che non vi è più nulla da leggere. Dunque o nuovo od antico che sia il ritrovato, abbiate per inteso che io vi do una prefazione e non un libro: è una minaccia di libri che verranno poi, è l'esordio o la gran sinfonia di tutte le mie opere future, voglio dire di tutte le opere che farò, e di quelle ancora che non farò mai. E perchè l'idea non vi sembri assurda, è appunto di queste ultime, le quali saranno moltissime e superiori ad ogni critica, che io voglio specialmente occuparvi: e saltando a piè pari nel mezzo dell'argomento dico che, salvo per ogni effetto di ragione il diritto di cambiar parere, io non voglio più saperne di tradurre Orazio.

Non vi è mai capitato strada facendo di incontrare tre o quattro amici l'uno dopo l'altro, dei quali il primo vi trova ingrassato, il secondo dice che dimagrate, il terzo si congratula colla vostra buona cera, e l'ultimo vi dimanda se vi sentite male? Così accade a me frequentemente; ma non già per lo stesso motivo, che su di ciò tutti si accordano nel dirmi che bisogna finirla di crescer di peso, e che è quasi un insulto il comparire davanti ai poveri malati con una faccia così allegra e tonda: ma dico che press'a poco m'avviene lo stesso riguardo ai miei poveri lavori letterarj. Mi ferma Tizio «Sicchè, dottore, quando leggiamo la traduzione della seconda Satira? oh sarebbe peccato il non continuare! sai tu che fu un gran bel pensiero quello di far gustare al popolo un classico di tanto sapore? e poi già queste parodie in dialetto sono il tuo vero elemento, e spereresti invano di acquistarti altrettanta fama cambiando genere.» Due minuti dopo incontro Sempronio che, ancoratosi ad un bottone del mio soprabito, grida: «Che cosa si sta scrivendo di bello?» «presentemente nulla.» «Male, malissimo! non si deve lasciar languire la vena e poi ricordati di quanto ti ho detto altre volte: se io fossi in te, non vorrei più sciuparmi con delle versioni, ma scriverei cose originali, ed in buona lingua italiana. Che matta idea di sprecare l'ingegno in un vernacolo che ha così angusti confini! la tua gloria non arriverà neppure a Barlassina. Ma se non t'intendono qui nella stessa Milano! tant'è vero, che i tuoi componimenti che circolano manoscritti sono di solito guasti per modo da non ravvisarvisi più nè i versi, nè le frasi, nè i pensieri: e poi non gira poesiaccia vile e ladra che non ti facciano il bell'onore di volertela ad ogni costo attribuire. Credilo a me, con venti volumi di roba in dialetto non otterrai nemmeno di diventar Pastorello arcade.» (Vi confesso che quest'ultima idea mi uccide, e poco manca che io non corra a casa a scrivere qualche idillio giulebbato nella lingua del Malmantile o del Padre Cesari, due lingue asiatiche che si rassomigliano molto fra di loro). Ed io che almeno in queste futilissime cose vorrei fare a modo mio, nol posso: perchè il mio desiderio starebbe tutto per il tradurre: ma sventuratamente Orazio nelle sue Salire non è quasi mai traducibile, almeno alla mia maniera. Oh se provaste che piacere è quello di lavorare all'ombra di una grande riputazione, e dire tutto quello che dice il latino, e fargli dire tutto quello che si vuole, e per questo modo far passare sotto l'aspetto di versione ciò che non passerebbe come originale: appunto come i mercanti, che riescono a vendere per roba di Francia quelle manifatture, che non uscirebbero mai dal magazzini se fossero credute lombarde! Se poteste imaginarvi (e vorrei che i giovani i quali si danno allo scrivere versi sentissero tutta l'importanza di questa verità) quanto sia prezioso l'esercizio di tradurre i grandi scrittori, come usarono fra noi illustri contemporanei, Monti, Foscolo, Maffei ecc.: perchè l'essere obbligati dalle maniere dilicate o rapide o calzanti di un testo a rivaleggiare di stile, ci avvezza a non cadere in quel fare disadorno e bislacco cui dassi nome di facilità dal volgo, e per cui molti anche brillanti ingegni stanno là inesorabilmente inchiodati sullo sgabello della mediocrità! Sicuramente che con tale sistema non si scrivono le centinaja di versi al giorno, e per lo meglio: chè l'imporsi volontariamente questa lentezza e questi legami riesce ad opera finita un giogo comodo e piacevole come alle Signore l'imbusto che le fa stare in persona e ne rileva la leggiadria delle forme.

Dopo tali osservazioni non vi meraviglierete se, attesa anche la difficoltà di trovare argomenti briosi da potersi e trattare e pubblicare, vi dico non passar forse settimana dell'anno senza ch'io dia almeno un'occhiata alle Satire del mio vecchio maestro per vedere se ve n'abbia alcuna da poter condire in salsa agrodolce. Ma oimè! questa no perchè sente troppo di morale epicurea e fatalistica: quella nemmeno, nè quell'altra, che sono due nonnulla inconcludenti: leggiamo l'una, è un pochetto scurrile: leggiamo l'altra, è più che un pochetto lubrica: molte versano sopra usi affatto peculiari di tempo e di luogo, che non porgono l'addentellato ai moderni: dappertutto poi domina una personalità che spaventa. Orazio parla colla più larga libertà degli scrocconi, degli usurai, dei ciarlatani, dei crapuloni, insomma d'ogni razza d'imbecilli e di furfanti di quell'epoca, e li addita col loro riverito nome; nè ho mai per altro sentito a dire ch'egli fosse temuto, odiato, ammonito dall'Autorità, come potrebbe per avventura accadere presentemente fra noi. Ciò forse dipenderà da questo che Roma era classica, e Milano è romantica. Ma appunto perchè dalla civiltà attuale è proscritta ogni allusione, nè alcuno oserebbe infrangere sì filantropico statuto, è troppo pericolosa impresa il metter mano a quelle versioni. Tanto più che gli uomini maligni si studiano di trovare le personalità dove non esistono, press'a poco come i commentatori del Dante che scoprono bellezze sovrumane e recondita sapienza anche nei suoi versi cattivi.

Lettori miei, una vittima di siffatte imputazioni io posso offrirvela debolmente in me stesso. Traduco la Satira contro gli Avari per giovamento dell'umanità, e colla innocenza della colomba, e mi vanno a pescare delle allusioni persino dov'è assurdo il supporle. Sentite se si può dare di peggio. Io dico in quella prefazione che i medici mentre girano in carrozza per la città studiano qualche libro ed insaccano scienza. Ebbene, tutti volevano che io accennassi al loro Dottore di casa. «Oh, questo è il dottore A!» «No, è B di sicuro.» «Oibò! è il dottor C dipinto con tanta evidenza che par di vederlo.» Ma, dico io, i medici di tutto l'alfabeto studiano in carrozza se l'hanno, e sta benissimo. Devono studiare allorchè vanno a piedi? Farò lo stesso anch'io quando .... cioè se mai .... se mai.... ah! questa idea è tanto bella, che ve la voglio dire in poesia epica.

E se è destin ch'esca dal nulla e schivi

Bastoni e stocchi e alla carrozza arrivi;

Me altoseduto fra le buone genti

Vedrai su libro affissi occhi e pensiero:

Saran le litanie de' miei clienti,

Ch'esser denno infiniti, almen lo spero,

Ma oh ciel! mancan gli spirti ai miei concenti,

E questo verso a pena m'esce intero:

Che alla sublime idea d'avere un cocchio

Cado in deliquio e mi si chiude un occhio.

Ah! lasciatemi respirare un istante, chè sono tutto commosso: e almeno dopo un conato di epopea voglio prender riposo all'ombra di questo mio nuovo alloro.

Amici cari, a costo d'annojarvi mortalmente abbiate la compiacenza di seguirmi ancora un poco in quest'argomento dell'Orazio, mentre col solo esporvi i temi di alcune satire prese a caso qua e là io intendo persuadervi della impossibilità di travestirle in dialetto milanese. Vediamo per esempio la seconda che comincia con queste barbare parole:

Ambubajarum collegia, pharmacopolae,

Mendici, mimae, balatrones, hoc genus omne

Maestam ac sollicitum est cantoris morte Tigelli.

I quali versi tradotti all'ingrosso significano che ciarlatani, profumieri, o speziali ed oziosi da spezierie (pharmacopolae) figuranti, coristi ed autori di libretti di opera (mendici) ballerine per le parti (mimae) procoli, mangiarisotti e corrispondenti teatrali (balatrones) e simil razza di Virtuosi (hoc genus omne) sono inconsolabili per la morte del cantante Tigellio. Così scrivevasi un mille e novecento anni addietro: ma potrebbe dirsi altrettanto al presente? ora che tutta Europa segue le gambette di una ballerina con quel batticuore col quale un terzo di secolo prima avrebbe seguito le conquiste di Bonaparte? Oh adesso non trattasi più alla morte di una celebrità da scena di veder accorati i barbieri e gli istrioni di un dato paese. Ora il lutto per siffatte calamità appartiene all'intero corpo sociale, è lutto cosmopolita: dall'equatore ai poli, dalla principessa alla crestaja, dal ministro di stato al portiere, dal genio che ne detta la necrologia enfatica al servo di stamperia che ne incolla l'annunzio sugli angoli delle contrade. E disperati omei di giornalisti, e straziantissime elegie, e le belle arti dal fazzoletto stampato al monumento marmoreo a testificarne le glorie, e le nazioni a poco meno che dichiararsi la guerra pel possesso del prezioso cadavere. Nè crediate che io osi condannare dimostrazioni siffatte. Oh! il secolo dei lumi sa quello che fa, e quand'anche fosse vero che toccasse un poco all'iperbole in queste faccende, egli che è anche il secolo dei bilanci e delle statistiche, per una savia legge di compensazione economica permette quantunque a malincuore, che qua e colà vivano poveri e muojano dimenticati gli uomini grandi. Da quanto esposi vorrei solo inferire che non trovandosi questi versi al livello delle massime d'oggidì, non è possibile il renderle bene al poeta satirico, che debb'essere eminentemente contemporaneo. Diffatti il poeta non è che l'interprete, il rivelatore del progresso dell'epoca propria: e come il delfino che segue il gran bastimento della civiltà. Dal che intenderete come le opere di coloro i quali scrivono col capo e col cuore nei secoli passati, sieno già vecchie o morte appena nate.

Ma ne volete di più a persuadervi che per ringiovanire questa Satira decrepita bisognerebbe stemprare tre versi in trenta sestine? Uditemi. Ad un Tigellio, che sarà stato la delizia e l'orgoglio della gran Roma d'Augusto, l'idolo di tre o quattro milioni tra eroi ed eroine, Orazio col disprezzo dello stoico dà il nome di Cantante senza nemmeno il miserabile epiteto di inarrivabile o di divino. Cantoris! che idea attingo io a questa nuda parola? So io s'egli fosse il Lablache, il Rubini, o piuttosto il Velluti d'allora? Tacere alla posterità quante corde di petto possedesse e quante di testa! quali fossero le migliori, e con quanta morbidezza di passaggi felice ardimento di salti ei lo facesse vibrare! con che mirabile sapienza e provvida parsimonia adoperasse il trillo, l'appoggiatura, la nota tenuta! come

Tigellio contribuisse al trionfo degli spettacoli, e quante volte a furore di popolo egli fosse chiamato fuori fra gli atti e dopo le cavatine! Tutte queste e tante altre indispensabili nozioni egli le serra ermeticamente come in una scattola nella parola Cantoris, che sarebbe appena applicabile ad un frate che cantasse l'alleluja in coro. Per buona ventura d'Orazio gli autori d'articoli teatrali non lo intendono, perchè fin da ragazzi anteposero alla vanità del latino molti altri più solidi studi: altrimenti egli farebbe agli occhi loro una ben meschina comparsa. Ma andiamo avanti.

In un'altra Satira fa parlare fino dai campi elisi un certo Tiresia, forse quello stesso che, avendo avuto per miracolo degli Dei la bella sorte di essere stato prima uomo e poi donna, fu chiamato a decidere la gran questione insorta fra Giove e Giunone quale dei due sessi sia più felice in amore. Egli però non discute questo argomento curioso, ma ne tratta un altro di utilità più pratica, l'arte di buscarsi qualche buona eredità. Vi lascio immaginare con che ansietà io studiai questa lezione che sperava fatta secondo il cuor mio. Era mia intenzione di sperimentarla prima io stesso quietamente, ed arricchito che fossi tradurla in buon milanese per vantaggio degli amici anche i più ignoranti. Ma, oimè! che sotto ai fiori si appiatta la vipera! latet anguis in herba. I precetti quantunque lodevoli per sé stessi, sono dettati in un certo stile subdolo, anfibio e veramente ermafrodito, che pare di leggere il Principe del Macchiavello. È una immoralità spaventevole, esclamai, questo trattare con aria di sarcasmo un tema sì delicato! Vi può essere cosa più rispettabile del desiderio dì ereditare? È una delle pochissime tavole di salute che gli infelici vagheggiano nei sogni delle loro speranze. Ereditare! idea così voluttuosa, che al solo consolarne per qualche istante la fantasia si prova un sollievo ai mali dell'esistenza. Io penso (è un'ipotesi, vedete) di andare a letto una sera senza denari, e quindi malcontento di tutto il creato, e fin di me stesso come un poeta sentimentale che invochi la tomba. Le imagini che mi chiudono gli occhi sono le tante spese che sarebbero a farsi e non si possono fare: il lento ma continuo crescere dei bisogni della famiglia: il languore e le amarezze crudeli della professione: lo spavento indeterminato del futuro, di cui il meglio che si possa prevedere è di lavorare tutta la vita come uno schiavo per mangiare lo pane altrui che tanto sa di sale. Mi risveglio la mattina, e... oh Dio! sono ricco, o almeno possidente. Entra un amico ansante a dirmi che ha sentito dire che è morto la sera antecedente il tale (un gran signore) ed aperto il testamento, fra gli altri legati lasciò a me tanto. «Eh, matto! se io lo conosceva appena di vista!» Sopraggiungono rapidamente un secondo, un terzo, un quarto, e raddoppiano la somma. Protesto che mi fanno una burla, e tento di scherzare anch'io, ma le labbra mi tremano ed il cuore s'ingrossa e martella. Dimando schiarimenti: arriva un usciere: la notizia è legale. Corro ad accertarmi, sento, vedo, tocco con mano il testamento: ecco il mio paragrafo. «Item lascio al Signor .... (che sono io!) per una volta tanto la somma di Austriache lire ...., diconsi A. L. ..., (che bella cifra!) e ciò per il piacere che mi hanno dato le sue poesie milanesi, e specialmente quella sopra.... e perchè possa con miglior agio e minori rispetti umani continuare nell'opera santa di battere colla terribile arma del ridicolo i vizj e le stolidezze sociali.» Oh benedetto! giuro di innalzargli un monumento, di dedicare alla sua memoria tutte le mie opere future: parmi di ricevere una seconda vita, sento di essere un uomo, dimando ai circostanti se io sogno o son desto ....

Ah! ridete voi altri ricchi? quanto vi compiango! voi incalliti ai piaceri, li guastate tutti e quasi non assaporate quello supremo di una eredità. Questa di solito è per voi un avvenimento preveduto ed aspettato da moltissimi anni. Quanto ve l'ha fatta sospirare quello zio! godeva una salute di ferro. E poi vi ha lasciato un patrimonio assotigliato per cento legati, fra i quali persino le pensioni vitalizie al servidorame che è nato per lavorare! Insomma quando ereditate siete intrattabili, perchè tanto a condolersi per la perdita del caro parente, come a congratularsi pei buoni effetti della medesima vi si fa dispetto. Aggiugnete a tutto ciò che per voi altri questi aumenti di ricchezze d'ordinario non servono a nulla di buono. Non a purgarvi dell'iniqua scabbia dei debiti, non a calpestar pregiudizj, non a proteggere lettere od arti, non a beneficare, non a viver meglio. Oh, non è di voi che io parlo quando dico che l'ereditare è il tipo ideale della felicità in questa valle di lagrime! Io scrivo per coloro che seguirono con vivo interesse la storia della mia eredità; che palpitarono di gioja al sentirmi arricchito inaspettatamente dalla sera alla mattina; che dissero sospirando di santa invidia: «oh potesse accadermi altrettanto!» Scrivo per i poveri Impiegati, che hanno dinanzi agli occhi una carriera stretta e sparsa di triboli e spine come la via del paradiso, e dovran sempre trovarsi in purgatorio. Scrivo per tanti bravi medici, cui nè finezza di criterio, nè solidità di studj, nè energia di buon volere non bastano per sostenere la concorrenza coi ciurmadori; e che sono condannati ad una fetente mediocrità di riputazione da un Pubblico che.... che per colmo di dispetto è eternamente rispettabile e colto come si legge su tutti gli affissi. Scrivo per voi, miriade infinita di artisti, che siete in odio al genio od alla fortuna. Lo dica ciascuno di voi, che bella cosa dopo essere andati a dormire poveri ed avviliti svegliarsi ricchi e gloriosi! e l'uno gettar dalla finestra la cassetta dei colori ed il fantocciomodello, l'altro abbruciare il diploma e la libreria, un terzo levare il saluto a quel capo d'ufficio che glie ne ha fatte ingollar tante! e prendere in società un posto dignitoso, quello dell'uomo che non fa nulla, e diventar persone rispettabili! Tutto ciò si ottiene con poche parole scritte sopra un pezzo di carta. «Istituisco mio erede il tale dei tali ecc.» Queste meditazioni non sono mille volte più filosofiche e poetiche di quelle di Lamartine, e senza il bisogno di viaggiare pomposamente il mondo per inspirarsi? Pensiamo un poco quanti testamenti di grosso calibro saranno già belli e fatti in questa sola Milano: i quali non aspettano che l'ultimo respiro dei loro autori per essere mandati ad effetto. Di questi testamenti alcuni saranno balordi per disposizioni affatto eterogenee ai bisogni del secolo ed alle simpatie sociali. M'intendete. Altri immorali e fecondi di maledizioni alla memoria di chi li ha dettati per le fallite speranze dei presuntivi eredi, e per la dispersione degli averi nei labirinti di turpitudini tenebrose, di ipocrisie insidiatrici, di fiducie tradite. Ma fra tanti ve ne saranno pur anche alcuni dettati da anime veramente illuminate e filantropiche, che desteranno l'applauso universale. Ebbene, il nostro nome non vi compare mai: una bella riga per noi non la si trova, che è una desolazione. Noi non avremo mai la sorte di diventare inconsolabili per la perdita di un parente o d'un vecchio amico di casa, che ci abbia lasciato il fatto suo. Io abbandono questo tema crudele per non cadere in quel genere angoscioso e satanico di letteratura, al quale intendo movere una guerra di fatto colle future mie opere allegre tutte e scherzose. E vi cadrei davvero insistendo a toccarvi le più irritabili fibre del cuore. Anzi diventerei più truce di Vittore Hugo e di Dumas; poichè alla fine le squisite sceleratezze e le lambiccate atrocità dei loro drammi o sono esagerazioni, o fortunatamente si verificano assai di rado: ma la disgrazia di non aver mai ereditato a questo mondo altro che il peccato originale è la più vera e comune che dar si possa. Passiamo a qualche argomento meno triste.

Ut Nasidieni juvit te coena beati?

Ecco un bel tema, la descrizione di una cena romana: ma, già s'intende, intraducibile per l'immensa distanza dalle sontuosità antiche alle miserie moderne. Oh i sublimi mangiari che si facevano a Roma nel secolo d'oro! Lo studio di Roma presenta come una gran fiera alla quale ogni genere di compratori trova la propria mercanzia. I soldati quando non fanno la guardia davanti alla casa del colonnello, possono inspirarsi a grandi imprese leggendo le mirabili guerre Sannitiche, le Puniche, le gesta di Mario, di Pompeo, i commentarj di Cesare. Gli alunni dei commissariati distrettuali imparano a governare il mondo sul sistema dei proconsolati, e sul codice Giustinianeo. Gli architetti per far passare la noja del disegnar case coloniche contemplano estatici sulle carte gli avanzi di que' templi meravigliosi, le colonne istoriate, gli archi, gli anfiteatri. Agli amatori degli spettacoli diurni sembra di udire le urla dei gladiatori ed i ruggiti dei leoni, e veder le orrende stragi del circo, che divertivano quel popolo eroico. Degli artisti non parlo: Roma è la loro Università. Persino i letterati dei logogrifi e degli acrostici vedono colà la loro stella polare nell'Arcadia, dove possono aspirare alla gloria d'un secondo battesimo. Anch'io ho un palpito per la città eterna: venero Numa, ammiro i Scipioni, leggo Virgilio: ma il mio cuore è pei banchetti, dei quali ci pervennero descrizioni sì ghiotte. Quando vi penso scompare dagli occhi miei la città dei Catoni e dei Gregorii, e non vedo che la patria degli Apicii e dei Luculli.

Lucullo! uomo grande fra quanti tramanderanno il loro nome alla più tarda posterità! che mai ti avrebbero giovato il consolato, le vittorie sopra Mitridate, gli onori del trionfo, se non ti fossi procurata la gloria di quelle cene famose? tu andresti confuso colla plebe degli eroi. Ma l'aver raccolto nelle guerre e nel governo delle Provincie qualche centinajo dì milioni, che poi spendesti a convittare con lautezza inaudita, ciò ti assicura nei secoli un posto invidiabile di celebrità. Lucullo, (sono storie che le sanno anche i ragazzi, ma non sono mai ripetute abbastanza) Lucullo teneva una gran quantità di sale da pranzo contrassegnate ciascuna dal nome di qualche divinità. Ogni sala aveva il suo prezzo fisso: per esempio cenare in quella d'Apollo era lo stesso che spendere non saprei quante mila sesterzj: ma ad ogni modo una somma ingente di denaro. Forse quanto basterebbe presentemente a pagare un'annata di soldo a tutti i professori di un'Università. Quanta sapienza si divorava in tre ore! Da ciò ne venne il proverbio pranzare in Apolline per significare sontuosamente. Un giorno Pompeo e Cicerone vedendo venir da lontano Lucullo pattuiscono d'invitarsi a cena da lui quella stessa sera a fine di verificare se la fama delle sue splendidezze rispondesse al vero: «Addio Lucullo!» «miei cari addio! che bell'incontro!» «Diffatti è molto tempo dacchè non ci vediamo: anzi per godere un poco della tua compagnia stassera saremo ambidue a cena da te.» «Benissimo!» «ma non vogliamo cerimonie veh, neppure un ravanello di più del consueto» «Benissimo!» fa un insensibile cenno di capo ad uno schiavo, e gli dice sotto voce «in Apolline!» Dopo qualche minuto lo schiavo scompare, e Lucullo, come nulla fosse, seguita la passeggiata cogli amici. Che cosa sia accaduto la sera è inutile il dirlo: s'è cenato in Apolline, e basta. Lo stupore dei due ospiti diventò un capitolo della storia romana; e se è lecito aggiugnervi una molto probabile congettura, Pompeo e Marco Tullio nel giorno susseguente in cambio di sedere in senato fra i padri coscritti, saranno stati in letto a raggrinzare il naso su qualche decozione abominevole di cui sgraziatamente si è perduta la ricetta. Come poi si potesse improvvisare in poche ore tanto prodigio di consumazione, non me lo dimandate. Plutarco parla chiaro e non è uomo che voglia infinocchiarci. Ma questi sono misteri della gran Roma del secolo d'oro, impenetrabili alle piccolissime menti di noi degenere posterità. Una sera Lucullo fu servito a tavola con minore profusione del solito. Mandò pel gran mastro delle cucine, e gli disse: «Siamo noi falliti da cadere in siffatte miserie?» «Eccellenza, perdoni, ma siccome non vi erano inviti, ho creduto...» «E non sai tu, bestia, che Lucullo cena in casa di Lucullo?»

Lettori, se non sentite la sublimità di questo concetto siete indegni di fare un buon pranzo. Voltaire, Alfieri e compagni tentarono in alcune situazioni eminentemente tragiche di mettere in bocca ai loro eroi delle sentenze consimili, che formano poi le delizie, i colpi di riserva di tutti i maestri di rettorica. Ma non sono che fiacche imitazioni di quella grande risposta, appunto come i pranzi moderni sono una magra parodia delle cene romane. Ah bisogna pur confessare che il gusto della buona tavola è decaduto ad un punto deplorabile! E sì, che dovrebbe essere il contrario, e per le grandi conquiste fatte dalla gastronomia nei generi coloniali, e per i nuovi secreti che dovrebbe essa pure strappare alla Chimica, come fanno a gara le altre scienze naturali. Eppure si è peggiorato ineffabilmente persino nelle cose più secondarie della mensa. I Romani, e prima di loro i Cartaginesi cenavano sdraiati sui letti, come abbiamo veduto nella reggia di Didone:

Inde toro pater Æneas sic orsus ab alto

Noi stiamo lì duri instecchiti sopra una scranna fra due seccatori che ci premono i gomiti talchè non puossi nemmeno brandire liberamente la forchetta colla sinistra e colla destra il coltello. Gli antichi facevano il loro gran pasto alla sera per non avere in dodici ore consecutive altra fatica che quella del digerire: adesso si pranza nel bel mezzo della giornata e delle occupazioni onde precluderci fin anco il diritto di dimenticare i guai della vita perdendo l'uso della ragione a tavola. E poi che razza di pranzi, dimando io? Si parla per tutta la città come d'una meraviglia quando alcuno dei nostri Luculli in miniatura spende due o tre mila lire a convittare diciotto o venti amici che sono inaprezzabili. Se come Gibbon io volessi indagar le cause del decadimento non del romano impero ma dell'arte culinaria, credo che ne assegnerei la principale all'abuso di abbandonare questa scienza a gente ineducata e diretta da cieco empirismo. Non si esige da costoro nemmeno lo studio della filosofia, che è reputata indispensabile agli Speziali, io vorrei che si istituissero cattedre apposite, e che i cuochitironi subissero i loro esami di rigore, e riportassero una laurea. A chiunque poi negli studii della prima adolescenza toccò in sorte una classe seconda, fosse anche in matematica od in lingua greca, irremissibilmente preclusa la cucina. Pretendiamo altrettanto dai medici, di cui non ci serviamo che con ribrezzo e diffidenza in alcune disgraziate circostanze: e saremo più indulgenti col cuoco, al quale affidiamo con tanto abbandono l'affare sommo della nostra conservazione, e che è il vero medico e speziale di tutta la vita? L'entità di questa scienza pare che cominci ad essere sentita dai Francesi e dagli Inglesi: perchè so che a Parigi si depositano in opere voluminose le sudate esperienze dei fornelli: e mi ricordo d'aver letto sui giornali che il cuoco di non so quale onorevole Lord, ad onta dell'assegno di trenta mila franchi all'anno licenziò il suo padrone per non volerlo seguire in una città d'Irlanda, dove non vi era il teatro dell'opera Italiana. Ecco, esclamai, ecco finalmente un cuoco! costui sente le applicazioni estetiche dell'arte propria, e vi sagrifica anche l'interesse. Sublime artista, io ti ho compreso. Tu assisti alla Sonnambula di Bellini, e la semplicità di quei cori pastorali, l'abbandono e la dolcezza di quelle melodie campestri ti inspirano per l'indomani un pranzo squisitamente leggiero e grazioso, tutto sparso dei doni di Pale e di Pomona, con miele, con creme, con foccaccie, un idillio mangiabile. Tu palpiti alle divine note del Mosè, e nel giorno seguente vi saranno sulla mensa il capretto degli Ebrei, la manna del deserto, le quaglie per chi è sazio della manna, il vitello servito in piatto d'oro, simbolo dell'idolatria: persino nelle cotelette annegate in salsa io ricorderò le schiere di Faraone sommerse nell'Eritreo. Chi, chi mi sa dire il nome di questo cuoco fenomeno? chè io possa tramandarlo ai posteri, chè io gli dedichi.... indovinereste che cosa? La mia Storia Universale.

Così è! ....per meglio dire così sarà, perchè trattasi d'una delle mie opere future. Le profonde meditazioni che io dedicai a questo importante ramo dell'umana felicità mi hanno fatto scoprire il vero principio onde misurare la civiltà dei tempi e delle nazioni. Per lo che abbisogna urgentemente che io rifaccia da capo la Storia del mondo. Il mio nuovo sistema, che voglio chiamar Gastronomico, per la sua bontà, lucidezza ed evidenza farà dimenticare quant'altri furono, sono e saranno. Io interrogherò i secoli nelle loro cucine, ed applicherò loro il noto proverbio: dimmi come mangi e ti dirò chi sei. Da vero sistematico vi farò meravigliare al prodigio di tirare tutto l'universo alla spranga calamitata di questo solo pensiero. E siccome una bella divisione delle epoche storiche offre l'idea di tutto il piano dell'opera e delle sapienti vedute dell'autore, così voglio offrirvene un brevissimo cenno.

Io cominci ero a stabilire questa gran partizione: Epoche in cui gli uomini mangiarono per vivere, ossia Barbarie: Epoche in cui vissero per mangiare, ossia Civiltà: Ecco il mio mappamondo spaccato nei due emisferi. Continuando a trinciare vedremo prima l'epoca degli uomini selvaggi, quando si disputavano combattendo i prodotti naturali della terra incolta, e si cibavano di carni crude, vitto ferino. Si apre poi l'epoca in cui

Sylvestres homines ….

Caedibus et victu faedo deterruit Orpheus

cioè quando gli uomini cominciarono a far cuocere i cibi ed a condirli, e che quindi si ingentilirono. Al qual proposito bisogna rettificare un grosso abbaglio di Orazio, il quale ha scambiato l'effetto per la causa. Non è già che Orfeo, la personificazione delle belle arti, abbia indotto gli uomini a nutrirsi convenientemente; ma bensì gli uomini cominciando a gustare i buoni sapori delle vivande ed industriandovisi intorno per migliorarli, si sentirono condotti all'amore del buono, del bello, insomma delle arti. E ciò fu sempre in natura. Diffatti è dopo il pranzo che si fanno le più piccanti e sottili questioni di letteratura, che si dà un'occhiata ai giornali, che si va in teatro a giudicar di musica, che si ascoltano i brindisi dei poeti. Ne volete di più? quando andate cogli amici a desinare fuori delle porle della città, è prima o dopo che si canta, si balla e si schiamazza? L'umana civiltà è tutta da accreditarsi ai piaceri della gola. La gratitudine prodotta dai vario uso delle biade e dalla scoperta del vino fecero venerare questi enti personificati in Cerere, in Bacco ecc. ed ecco le religioni. Gli uomini sempre prepotenti si facevano preparare il pranzo dalle donne, e quando trovarono quella che ammanniva meglio, se la associarono in perpetuo: ecco le nozze. Acquistò importanza il sito dove si manipolava il mangiare e diventò cucina: era d'uopo d'un ripostiglio per i viveri, fu fatta la dispensa: bisognava conservare il vino al fresco, si scavò la cantina: e un luogo allegro e decente ove seder quietamente a desco? si è pensato alla sala: e così nacque l'architettura. L'entusiasmo del banchetto inspirò il canto, l'eloquenza, la poesia di cui il genere primitivo fu il ditirambo: vennero quindi le arti di imitazione, e pittori, scultori, mimi lavorarono per la gran fabbrica dell'appetito. L'ora d'andare a mensa era avidamente desiderata, e nella aspettazione della medesima ebbe principio lo studio del movimenti del sole e degli astri. Il desiderio della varietà fece cercare agli uomini nuove vivande: bisognò superar montagne, attraversar mari, conoscer popoli, far cambio di prodotti, rappresentare i valori con segni di convenzione: quindi strade, marina, commercio, federazioni, codici, monete, gabelle, guerre regolari, scienze ed industrie d'ogni genere. La stessa medicina ebbe data dalla prima indigestione. Così passerò in rivista le antiche nazioni, e misurandole con questo regolo vedrò or le une or le altre salire per gradi a ricchezza e potere con maggiore o minor forza e celerità secondo la diversa bontà dei climi, cioè delle produzioni territoriali: quindi cedere all'urto di popoli limitrofi più avidi ed affamati.

Ma quale spettacolo si presenta al mio sguardo? un pugno di masnadieri erculei di forza, ferrei di ventricolo, guidati da due Capi che succhiarono col latte di una Lupa l'istinto della voracità: i fondatori di Roma. Di Roma che meditò e consumò la conquista dell'universo: che fu astutamente frugale nei suoi primordi per essere impunemente crapulona ed insaziabile nella sua grandezza. Più brandi si rotavano in guerra, più schidioni si giravano davanti ai focolari. E quando le fu tributario il mondo intero, quando le nazioni tutte offrirono il loro piatto alle sue superbe imbandigioni, allora Roma chiuse il tempio di Giano ed ebbe il secolo d'oro. Così fu denominata quell'epoca dalle immense somme che si prodigavano nei conviti, e non già, come credono i letterati prosuntuosi, per essere vissuti allora o poco prima il Virgilio, il Catullo, il Tibullo con un'altra dozzina di simili poltroni. Se da costoro avesse avuto un nome quell'epoca, la si sarebbe detta il secolo dei papiri, come l'attuale potrebbe chiamarsi il secolo delle cartiere e dell'inchiostro. Anzi se quei poeti ebbero brillanti ispirazioni, ciò fu perchè gavazzavano alle cene di Messalla, di Pollione e specialmente di Mecenate, cui fu applicato questo nome anagrammatico delle parole meco cenate che soleva dir di frequente agli scrittori che lo adulavano. Roma durò qualche tempo in questa beatitudine, anzi la accrebbe, perchè, come impariamo da Svetonio, i grandi e gli Imperatori trovarono modo cogli emetici di far della giornata un pasto solo. Ma oimè, che ogni eccesso è sempre fatale! la fama di quel banchettare incessante, e direi quasi l'odore di quelle cucine si sparse nel settentrione d'Europa. I Barbari s'invogliarono di mangiare, e piombarono sull'Italia in orde divoratrici. Roma obesa e quasi apopletica non regge all'urto tremendo: il grande impero crolla, si sfascia, precipita: e la città eterna, meditato il nulla delle fralezze umane, si converte al vero culto e si dà ai Pontefici. Sagrificio alla verità tanto più nobile ed eroico, in quanto che il ritorno alla frugalità doveva per necessaria conseguenza ricondurre la barbarie. E questa si diffuse mano mano per il mondo come nube finchè arrivò al suo colmo in quel tenebrosissimo secolo del mille, notte orrenda delle scienze, delle arti e d'ogni gentil costume, perchè gli uomini della gran paura che finisse il mondo, appropinquante mundi fine, avevano perduto l'appetito. Ricuperato il quale al passare di sì terribile crisi, si aperse a poco a poco una nuova era di civiltà che toccò poi una meta invidiabile all'epoca delle corti bandite e dei principeschi conviti. Sublime pagina storica, quando l'ospitalità non paga del fornire le delizie delle mense spingevasi a far distribuire ricchissimi doni per mano di qualche illustre dama chiamata la regina del banchetto: elmi di squisito lavoro, spade con preziose impugnature, stoffe trapunte in oro, monili, gemme, corone. Ma sventuratamente

Cosa bella mortal passa e non dura.

La diffusione dei libri fece sostituire ai piaceri reali della gola i fittizii dell'imaginazione. Ai tornei, alle prodezze cavalleresche, alle corti di amore subentrarono le accademie, gli instituti, le perfide guerricciuole dei letterati. Si precipita continuamente di miseria in miseria fino a quest'epoca del giornalismo, epoca affatto eccezionale ed anomala nella mia Storia, perchè nè si vive per mangiare, nè si mangia per vivere: ma, oh fatalità! si scrive per mangiare.

Lettori, confessatemi il vero: quand'io avrò composta e stampata quest'opera grandiosa, di cui adesso vi ho presentato uno schizzo sì rapido ed incompleto, che cosa diventeranno mai agli occhi nostri i più decantati Storici antichi e moderni? Poveri pigmei, che noi compassioneremo insieme. Io abbandono per ora questo argomento, del quale spero che sarete molto sazii: e ciò forma il mio elogio: perchè prova che vi ho dato un gran buon pasto, dopo del quale viene in nausea persino il parlar di vivande.

Dunque, per ritornare sul nostro discorso, parmi aver provato evidentemente che Orazio è intraducibile. Ma, dicono tutti, e la bellissima Satira del seccatore: Ibam forte via sacra etc.? Questa mo, lo dico anch'io, dovrebbe far eccezione alla regola perchè gli uomini tormentosi per importunità sono in tutti i secoli ed in ogni luogo identici press'a poco come gli avari. Questo poi sarebbe proprio il mio favorito tema perchè nella mia doppia qualità di medico e di uomo celebre io sono come un bicchiero di miele per queste mosche o vespe di seccatori. Già, che io sia celebre lo sanno tutti coloro che mi conoscono da vicino, e non vi è bisogno di dimostrarlo. È ben poca cosa ma almeno sicura. Ma che razza di celebrità, dico io? una celebrità non segregata dal volgo, non protetta dal prestigio dell'isolamento e del mistero, quindi senza poesia ed illusione, quindi già distrutta per nove decimi. Una celebrità che gira tutto il giorno fra le gambe del popolo come un paléo, che circola nella gentaglia come una moneta di rame, la quale ora è in mano d'un accattone, ora nelle saccoccie d'una pescivendola, ora sul banco d'un taverniere. Una celebrità che, come fanno i cuochi coi pollastri morti, tutti possono palpare, fiutare, spennacchiare per finir a dire ««Sta tutta qui?» Oh la mia povera celebrità tradita! Moltissimi, che pur mi premerebbe tanto d'avvicinare, non si curano nemmeno di conoscerla appunto per la gran facilità di poterla conoscere. Un dolore di capo, un flusso di ventre bastano per far arrampicare questa celebrità fino al quarti ed ai quinti plani sulle topinaje delle più succide case a dieci soldi per ogni ascensione, che dico? a cinque, a gratis, a dovercene dare io per compassione! Giacchè dovete sapere che per colmo di sciagura la mia non è celebrità medica ma poetica. Se possedessi la prima correrei pericolo di tenerla molto più indegnamente e di essere preso in fallo per tutta la vita come tanti illustri discendenti di Galeno: ma ad ogni modo sarebbe una celebrità proficua e rispettata. Mentre l'altra non solo è infruttifera, ma secondo i lumi del secolo decimonono elide la prima: talchè per quanta libidine io n'abbia non mi è possibile tirarmela addosso. E sì, che a conquistarla non dovrebbe essere una fatica erculea, perchè è un certo genere di celebrità, che quando si comincia a buccinare ed a credere che un tale la possegga, quel tale ne è realmente invasato senza colpa nè responsabilità, e Dio sa con quanta sua meraviglia. Nemici miei, se pur è possibile che un buon diavolo par mio abbia nemici, quanto mai dovete essere piccoli e compassionevoli se la mia celebrità sciagurata vi movesse invidia! Tanto sciagurata, miei cari nemici, da rendermi il bersaglio, la calamita di tutti i seccatori. Io non parlo nè di chi mi chiede una seduta per farmi sentire un opuscolo che deve pubblicare fra poco: nè dei Giovani del Caffè che vorrebbero la poesia del ferragosto: nè dei tanti matrimonj pei quali si bramerebbe un mio sonettino. Se si tratta di nozze che sieno appena al di sopra della dote dell' I. R. Lotto o dell'Ospitale è probabile che capiti od un lontano parente, od un amico, od un amico di amici a dimandarmi in tutta confidenza quattro versetti, anche cattivi, perchè non dovrò comparir io. Da queste ed altre consimili importunità, che sono poi comuni alle celebrità più dozzinali, io mi libero sempre con un no inappellabile. Ma vi ha di peggio assai. Trovo per via l'amico prete, e mi strapazza per la poesia dove ho osato parlar di campane, e mi minaccia la perdita dei miei clienti. Do di capo nell'amico secolare, e mi vilipende pel finale del brindisi a Rossini, che ha un pochetto del crescendo rossiniano, e mi minaccia qualche cosa di peggio. Per quel brindisi delle sette disgrazie v'è stato persino chi ha scritto una poesia milanese senza rime, nella quale con uno spirito ed un lepidume da non dirsi mi dava dello scroccone, del vile, dell'ubbriaco e dell'ignorante: ed io mi vi sottoscrissi senza replica per esserne autore uno dei miei buoni amici. Ah vi so dir io, che ci vuole un feroce buon senso a burlarsi di tutti e tirar dritto per la sua strada come l'indebitato che non vede mai nessuno e non si lascia fermar da nessuno!

Ma vi sono ancora altri guai. Io sarò per esempio al Caffè quietamente seduto a mangiare quattro fette di salame. Mi si avvicina un antipatico, e dice «Dottore, ho letto la tua poesia di questi giorni, e mi piace molto.» «Mio caro, t'inganni, perchè sono almeno quattro o cinque mesi che non fo un verso» «Eh via! dico l'ultima, quella contro....» «Ma contro chi?» «Diavolo! contro.... e mi sussurra un pajo di nomi all'orecchio.» «Ti dico sulla mia parola d'onore che io non ho mai pensato a costoro.» «Credi tu forse che io sia un ragazzo d'andarlo a raccontare?» «Oh Dio! non fammi invecchiare! io non rinnego mai con nessuno i miei versi perchè non iscrivo versi di cui debba arrossire: e quando dico di non averne fatti è perchè la cosa è così, ed io non uso a mentire, sai?» «Bravo! mi piace la tua prudenza, ma a queste quattro ossa non la dai ad intendere!» e va via. Ed io resto lì a maledire la mia gravità dottorale che mi ha impedito di tirargli il piatto del salame nel viso. In alcune giornate climateriche quando corre voce che circoli qualche satiruccia, sono perseguitato da una dozzina almeno di dialoghi consimili o peggiori, che è cosa da diventare idrofobo. Nasce poi anche a me il desiderio di conoscere questa mia poesia, e la cerco, e qualche volta la trovo, e trattasi di così compassionevole miseria che è proprio un livore il sentirmene a proclamar padre. Ma già bisogna persuadersi che una gran parte di coloro che leggono e gustano poesie hanno un certo palato, che si potrebbe dar loro ad intendere che la più stolida sciarada dell'Aguzzaingegni fu fatta dal Dante in uno de' suoi più cupi momenti d'ira ghibellina. Quando poi scrivo davvero qualche corbelleria e me la lascio scappar dalle mani, allora per quindici giorni io non sono più mio. Si diffonde la notizia in un momento d'una poesia che non si è potuto stampare: sarà un capo d'opera! Tutti vogliono essere i primi ad averla. Giurano di restituirla fra tre ore, e se pur la restituiscono non è che dopo una settimana. Ricevono una copia chiara ed esatta, ne rendono una spropositata ed inservibile. Alla porta, lettere pressantissime di far grazia a mandarla subito nella tal casa e nella tal altra: per le vie, semiaggressioni e poco meno che ficcarmi le mani in saccoccia per averla. Mi tocca di prometterla a tutti e di mancare ai più: lagnanze da ogni parte. Ho bell'odiare il mestiero dello scrivano, che mi è forza ricopiare la mia filastrocca otto, dieci, dodici volte: arrivo a pentirmi di non averla fatta molto più scipita e degna dei torchi. Sarebbero quattrini senza noja: così è noja senza quattrini. Mi si avvicinerà un compito Signore che, previe le congratulazioni d'uso, mi supplica d'un esemplare autografo per l'album d'una gentile damina mia grande ammiratrice. Io con un bocchino di zucchero dimando chi sia questa Adorabile, e voglio assaporare un minuto di tenera gloria. No! che sopravviene a rompermela un indiscreto gridando plebejamente: «Dottore, non hai tu paura di farti bastonare con queste tue satire?» ed afferratomi un braccio, mi squadra da capo a piedi in aria di calcolare il grado di reazione che io offrirei nel caso tragicomico della bastonatura: quindi soggiunge con soddisfazione «le spalle per altro sono buone.» Che dirò poi de' commenti, delle maligne interpretazioni, delle obbjezioni che si fanno ai miei poveri versi? chi vede un nome proprio sotto ogni parola, chi dice empio l'argomento, chi trova poco ortodossa la lingua. L'uno vorrebbe che non avessi fatto vibrare una certa corda, vorrebbero dieci che l'avessi pizzicata con più di stizza. Tutti hanno un rimprovero da farmi, un consiglio da darmi, un altro bel tema da propormi. Insomma tutti farebbero assai più ed assai meglio di me se fossero in me: ma non potendo essere in me si accontentano di essere i miei seccatori.

Oh, sì! questa satira del Seccatore è mia, assolutamente mia, e perchè nessuno osi giammai di usurparmela, vorrei quasi farci sopra una specie di prenotazione od iscrizione ipotecaria traducendone i primi versi. Ma.... anche qui c'è una difficoltà quanto insuperabile, altrettanto dolorosa. Ingrata patria, che non porgi una mano amica al tuo poeta, e che anzi in castigo del farti ridere co' versi miei mi rifiuti la celebrità medica, di che sei sì capricciosamente prodiga con altri, dimmi come potrò io rendere le parole Maecenas quomodo tecum con quel che segue? con quale cavatina d'ingegno rimpiazzerò questi versi, che amerei tanto di ripetere nel mio dialetto colla più scrupolosa fedeltà?

O mio Mecenate, ove sei tu? Ubi est Petrus? (esclamava un santo Vescovo ad un Concilio illegale) ubi Petrus ibi et Ecclesia. E si pretenderà di disgiungere queste due idee inseparabili Orazio e Mecenate? Dovrò io rappresentare la parte ardita e perigliosa del primo senza godere la protezione del secondo? O Mecenate mio, ove sei tu? Se è vero che due anime predestinate l'una per l'altra provano un vuoto indefinibile finche non s'incontrano nel cammino della vita, mostrati una volta, idolo mio, che io anelo a te come il cervo assetato alla fontana. Vieni a realizzare i sogni delle mie notti, a riempire la lacuna del mio povero cuore. Vieni a salvarmi dalla falsa posizione di non essere praticamente nè abbastanza poeta perchè medico, nè abbastanza medico perchè poeta! Ch'io possa per te non solo disprezzare questi pregiudizii, ma riderne! Che tu m'ajuti insomma a toccare quell'aurea mediocrità di che il Venosino malignamente si chiamava beato a scorno e crepacuore di tutta la canaglia versaggiante! Vieni, che si centuplicheranno le mie forze morali! che ti scaricherò sul capo la scintilla elettrica della celebrità! che tu, auspice delle mie Opere future, andrai ben più famoso che a mettere in movimento scalpelli e tavolozze!

Vedete un poco, lettori, come gli uomini impazziscano per la passione delle scoperte. L'uno intisichisce sulla geometria per provare la quadratura del circolo: l'altro giura di sciogliere il problema del moto perpetuo: cose già trovate cento volte: un terzo lambiccherebbe l'anima di suo padre per farne il lapis philosophorum. Questi veglia le notti come un gatto sulle specole o sugli abbaini tentando coi cannocchiali tutti gli angoli del cielo, per vedere se mai gli cascasse nei vetri qualche stella nuova, che non servirà al ben essere di nessuno. Quegli si arrampica come daino sulle più ripide montagne alla scoperta delle erbe, e per frutto di sue fatiche appena arriva in dieci anni a spargere per le pagine di mille libroni il fieno che basti per la cena di un asino. Io mo sono piacevolmente esercitato dalla più bella e brillante delle pazzie, quella di trovare il mio Mecenate. E parmi poi che non sia tanto irragionevole ed assurda. Vi sono Mecenati di pittori e di scultori, ve ne sono per le attrici e per le ballerine, ve ne hanno per i docili mariti, e non si potrà trovarne uno per un poeta? Oimè! che un resto di ragione mi si solleva dal fondo dell'animo, e mi grida «No! del vero e legittimo genere di Mecenati, che è quello dei poeti, non ve n'ebbe che uno solo al mondo, il quale passò in proverbio, in antonomasia, in iscandalo alla posterità. Non ebbe discendenti, non ebbe imitatori: e Cuvier per imaginoso che fosse nel battezzare le perdute razze degli animali, non ardì mai di trovare nei fossili un osso di Mecenate.» Se mai le cose si trovassero a sì disperati estremi, io che pur sento un'irresistibile vocazione per un Mecenate, non potendone aver uno concreto, mi accontenterò d'uno astratto: piglierò per così dire il Mecenate in accomandita, e darò questo prezioso nome al risultato morale di almeno due mila amici che si faranno compratori delle mie Opere future.

Ed eccomi tratto pe' capelli a dire del bruttissimo peccato italiano, quello d'aver denari per tutto fuorchè per l'acquisto dei libri. In Inghilterra, in Francia, in Germania, nelle nazioni tutte ove il progresso dell'incivilimento è qualche cosa più che una pretesa, l'attività del commercio librario è immensa, e la letteratura è brillante ed invidiala carriera. Ma qui da noi od un tale non è altro che letterato o poeta, e questi nomi gli valgono per sinonimi di disutile e quasi di disperato: o siffatti titoli sono appajati a qualche altro accademico, e nella pubblica opinione lo guastano come l'odor di legno danneggia il vino, come la ruggine intacca l'acciajo. E con sì belle massime che sono penetrate fino all'osso nelle moltitudini si grida alla povertà delle nostre lettere: e vi hanno uomini di buona pasta che colla più goffa serietà del mondo indagano le cause filosofiche e politiche di tanta miseria. Ma non c'è bisogno di dare in sottiglieze quando si può cominciare a stabilire che la letteratura è povera perchè non si vuol saperne di pagarla. Non si vuol saperne a costo di non leggere, o d'aspettare dei mesi a leggere l'opera prediletta del giorno, o d'importunare il prossimo per farsela imprestare. Un tale che tiene un esemplare della Margherita Pusterla mi disse uno di questi giorni d'averla già data a leggere a sei o sette, e che almeno altri dieci l'aspettavano alla loro volta. Vedete che cuccagna per gli scrittori e pei tipografi. Non basta che l'illustre Autore si sia già tanto circoscritto il numero degli ammiratori, consigliando tutti quelli che non hanno spasimato a dimettere il suo libro? Non basta quell'altra maledizione tutta Italiana che, quando si arriva a comporre un'opera meglio che mediocre, la si vede dopo un mese economicamente riprodotta a Firenze, a Torino, a Piacenza, a Capolago, a casa del diavolo? E non è da credere che questa avversione a spendere in libri sia tutta avarizia: è proprio un mal vezzo del paese. Sono per esempio giovinotti che perdono al giuoco allegramente, che si fanno vestire dai migliori sarti, che consumano venti paja di guanti al mese, che mostrano in casa una piccola bottega di spille, d'anelli, di bastoni alla roccocò di catenelle, di ciondoli, di amuleti corallini contro la jettatura: hanno schioppi, pistole, sciabole, fioretti, questi eroi della patria: e la libreria? un romanzo imprestato per addormentarsi la notte.

Si aspetta con ansietà l'Opera nuova al Teatro della Scala: è annunziata per la tal sera, e la folla vi si precipita dentro a far che? il più delle volte a sbadigliare per quattro o cinque ore tra i soliti intercalari. «Oh che strimpellare insignificante! oh che cane d'un tenore! oh come è decaduto questo teatro da alcuni anni!» Si pubblica un opuscolo. Se vale o piace poco, non lo conoscono che l'autore, il tipografo e, se non i giornalisti, almeno i giornali. Se piace e fa parlare «quanto costa? — una lira e mezza» «per tre fogli di stampa? che ladro! vale cinquanta centesimi: dammelo per un'ora» «bisogna che lo restituisca subito» «bene, bene, ne troverò un altro con comodo.» Nè crediate che io voglia alludere ai miei poveri libercoli. Io in quanto a poeta sono molto contento de' miei concittadini, e per quel poco che ho fatto pubblicare colle stampe vi fu sempre più concorrenza di quanto avrei osato sperare. Però anche qui intendiamoci chiaro. Dico più concorrenza che non sia solito offrirne il paese: ma sempre meno di quanta se ne può pretendere per gli opuscoli inconcludenti e di puro passatempo. Oh, se si trattasse di importanti opere scientifiche, di utili scoperte che abbiano costato molto getto di tempo e logoramento di cervello, allora capisco benissimo che l'autore va punito colla noncuranza universale, col sogghigno sprezzante di quelli della professione, colla multa della edizione invenduta, e per ultimo sorso del calice col degnevole incoraggiamento di qualche savio bibliografo, che nell'Articolo di domani vuoterà il cornucopia delle lodi in capo allo scrittore più maledetto dal buon senso. Ma i miei libretti sono, la dio grazia, in posizione ben migliore. Trattasi di versi o di prose fatte per ingannare un'ora d'ozio e mettere in buon umore: sono cose inutili come un bel passo a due fra monsieur tale e madamigella tal'altra. Ma per il passo a due si parla, si corre, si paga, si applaude. Ed io orgoglioso come un ballerino vorrei che pagaste, leggeste, lodaste. Quando mai perverremo a tanta civiltà, che un bel leggibile sia trattato come un bel ballabile? Per conto mio comincio a protestarvi che a meno di due mila spettatori nella mia platea, cioè di due mila esemplari delle mie Opere future, non posso farvela in coscienza. E siccome le male abitudini non si rompono d'un colpo, per supplire alla generale indolenza bisognerebbe che i ricchi pagassero il biglietto d'ingresso per cinque o sei, ossia acquistassero una mezza dozzina di copie di tali opere, chè vi è da farsi onore ad impiegarle. Una da riporre in libreria, sacra, intangibile. Una seconda da lasciarsi portar via dall'inevitabile amico che industriosamente si fabbrica la sua piccola biblioteca coi libri imprestati e passati in diritto di usucapione. Una terza da mettere sul tavolino di lettura: una quarta, una quinta ed una sesta da mandare al medico, al pretore, al curato dei paesi ove si villeggia, e dove non va mai a perdersi un libro nuovo. Specialmente quei buoni parrochi desiderano tanto di aver le notizie della città, e di solito sono condannati a leggere in settimana santa le gazzette del carnovale.

Ma qui ho paura che gli amici miei comincino a tremare pel mio decoro, vedendomi a ficcare le mani sì addentro in questa vischiosa pasta dell'interesse. Anzi tengo per certo che qualche severo autore di articoli sui vestiario da uomo e da donna griderà scandolezzato «Quale vergogna! la letteratura, questa nobile e santa missione che, sollevando lo spirito alla contemplazione del bello, ravvicina la terra al cielo, eccola avvilita nel fango dei calcoli pecuniari e diventata un mercimonio!» Massime sublimi per coloro che non sanno spremere un soldo dalla propria penna: ma gerghi di filosofia troppo trascendentale ed inarrivabile per i veri e degni letterati. Però l'obbjezione è fiera, e l'affare dilicato: bisogna rispondere categoricamente.

Io pongo per assioma non essere il mondo che un attivissimo mercato, dove non vi è un solo spettatore ozioso, ma tutti gli uomini rappresentano ad un tempo la parte di venditori e di compratori. Ditelo voi altri ricchi, che appunto passate presso al volgo per quel ceto che non fa mai nulla. Voi vendete le vostre granaglie ed i vostri vini: voi date a mutuo i capitali, a pigione le case. E quanto vi dolete se i prezzi dei generi danno in basso! e come vi fate pregare per le riparazioni più urgenti! e con che inesorabilità riscuotete dagli inquilini quelle funeste rate semestrali di Pasqua e di S. Michele, che sono il vero colpo di grazia per le borse tisiche! Vi sono poi alcuni mesi dell'anno, nei quali si potrebbe chiamarvi uominigelsi e uominibachi, perchè non vivete che in queste idee, e pittagoricamente vi trasformate in questi esseri. Pei negozianti la dimostrazione è superflua. Lo studio, l'emporio, la mensa, il passeggio, il palchetto, le notizie politiche, il foglio d'annunzj, ogni tempo, ogni luogo, ogni cosa suona per loro traffico e speculazione. Nè so capire come quei matti di frenologi non aprano di solito per le loro curiose osservazioni che i cranj dei dotti e degli impiccati. Nei primi troveranno sempre l'avidità dell'oro fallita: nei secondi l'avidità dell'oro punita: ma quando vogliano deliziarsi nell'organo dell'avidità dell'oro gloriosa e trionfante, lascino un momento le teste poetiche di siffatte celebrità, e ne spacchino alcuna di quelle che sono addette al commercio. L'avvocato vende l'arte di pelarsi giuridicamente a vicenda: il medico vende la salute o gli sforzi fatti per non lasciar morire: l'economo vende al padrone gli ingegnosi risparmj fatti per se. Vedete quella gentile ragazza che studia le lingue, suona l'arpa ed impara il disegno? Sono tutti ornamenti che mette vicino alla dote per vendersi bene, cioè per comperare un marito ricco. Vedete quell'uomo che ….

Applicate l'idea a tutte le classi sociali, chè la storia è lunga: io conchiudo essere noi tutti mercanti dal pitocco che col cappello in mano vi vende il requiem pei vostri poveri morti fino a Coloro che tengono il privilegio di sale tabacco e carta bollata.

Ora, dico io, state mo a vedere che in sì universale furia di lucrare il solo letterato dei versi e delle prose propriamente dette, il letterato assoluto come un primo soprano, dovrà intisichire a comporre i libri per il puro piacere di vederseli a bistrattare dal colto pubblico o lodare, che è poi lo stesso! Anche noi vendiamo le nostre ciarle, e vogliamo trarne il maggior sugo possibile, e cominciando dalle mie merci ... Ma quali sono le mie merci? Per lo più versi che io non voglio stampare. Dal che intenderete se io parli per egoismo per carità delle lettere in genere, nel desiderio di strapparle a questa barbara condizione di dilettantismo forzato. E sapete perchè non li voglio stampare? Per la troppa bontà degli argomenti che trattano, e per la troppa bellezza della lingua milanese in che sono scritti. Nè crediate che io scherzi: vi chiarifico queste idee come due pani di zucchero.

Bontà degli argomenti. Dalla stoltezza di quasi tutti i poeti del mondo la società fu avvezzata a non vedere nella poesia che un'arte di imaginazione e di mero diletto. Quindi, fatte poche eccezioni, ebbe e ritenne per ottime fin dai più rimoti tempi certe stramberie di poemi così sragionati e falsi, che non pare da credersi. Passiamone in rivista alcuni, e per modo d'esempio cominciamo dalle Egloghe o sia dal genere Buccolico. Ditemi di grazia, chi sono mai questi eterni Titiri e Melibei che suonano le zampogne o le pive, e con una soavità incantevole sospirano per le Fillidi e per le Amarillidi sotto l'ombra dei faggi, sub tegmine fagi? Voi sapete bene che si tratta dei contadini, e che questi sono gente povera, zotica, succida; che non hanno la schiavitù di nome, ma ne sopportano una durissima di fatto, dovendo lavorare come bestie per patire tante volte la fame. Sapete che i loro amori stanno nel voler per moglie una villanotta robusta che sappia reggere alle maggiori fatiche: che le loro dichiarazioni consistono nello strapparle uno spillone dal capo, nel darle un pugno od un pizzicotto alle braccia, nel mandarle delle castagne secche infilzate collo spago. Esseri dunque cui bisogna usare carità, dare qualche poco d'istruzione perchè sentano di non esser bruti, e perdonare i debiti negli anni di carestia; ma risparmiare lo scherno di poetizzarli, perchè non vi è cosa più prosaica di loro. Di queste verità la prima parte va inculcata ai possidenti: che i poeti non hanno Titiri ai loro cenni, o tutt'al più sono parenti dei Titiri stessi. La seconda parte non l'inculco a nessuno perchè le egloghe si sono sempre fatte, si fanno e si faranno: ed i bravi precettori per rendere dotta ed utile la gioventù, le insegneranno fino al dì del giudizio che le egloghe si dividono in pastorali, in pescatorie, in venatorie, con altre scempiaggini da recere le budella.

E la poesia epica? que' suoi campioni o soldatacci brutali che girano a rapir donne, a far bravate, a mietere le popolazioni, sono pur nauseosi ed assurdi! Sono ancora Titiri e Melibei, ma in corazza e veduti col telescopio che ingrandisce di mille volte la realtà. Matti romanzi pieni di divinità, di incantesimi, di fate, di libidini. Guerre in cui è sempre falsata la guerra tanto da non potervi mai fare un'idea chiara del campo: dove non capite come nel furore d'un massacro, due nemici nell'atto di affrontarsi si fermino un tratto a confabulare ed a narrarsi la loro genealogia sul fare del Jacob autem genuit Joseph etc. Questi libri si leggono ancora per la bellezza delle forme, giacchè furono scritti con vivacità ed entusiasmo, e vi è da imparare della lingua e dello stile: ma, tranne qualche eccezione in favore di poemi d'indole sacra o politica, il fondo è vuoto e nullo lo scopo. Fortunatamente oggidì non si fabbricano più epopee: non perchè se ne senta l'intempestività, o perchè il più magro collaboratore di taccuini non si creda capacissimo di farne uno, ma per la ragione che sono affari lunghi, ed è assai più comodo l'acquistar fama di poeti colle canzoncine e coi sonetti.

La Tragedia fu ne' suoi buoni tempi un genere molto meno inconcludente dei sullodati: ma adesso è così fuori di stagione, che non vi sono più neppure gli attori capaci di rappresentarla: tant'è vero che gli uomini non possono andar fuori dalla loro atmosfera. Anzi dietro a questa idea direi che noi siamo al di sotto della stessa Commedia, perchè non siamo più in grado di farne una che valga un soldo. Oramai le persone di buon senso quando vedono annunziata qualche tragedia scappano. Difatti debb'essere un tedio mortale quell'andare ad udire un tiranno che con voce sepolcrale e simile al muggito di un toro grida stralunando gli occhi «ooh rabbia! ooh mio furorre!» E poi vi fo questo dilemma. O si pongono sulla scena i grandi personaggi dei tempi antichi, e non vi ha interesse la generazione attuale che dobbiamo istruire e dilettare: o si fanno parlare i moderni, e bisognerebbe sempre metter loro in bocca parole di sapienza, che la sarebbe una monotonia insopportabile. Aggiugnete a tutto ciò lo sconcio di farli parlare in versi e colla logica dei poeti, e poi ditemi se adesso la tragedia non sia una stravaganza.

Ma l'ira mia, implacabile come quella di Achille, è contro la poesia lirica. De' suoi voli e delle sue astrazioni destinate a glorificare l'Eterno od a celebrare le azioni sublimi, che strano abuso si è quasi sempre fatto per accarezzare i vizii dei potenti, per adulare la mediocrità o le cose inutili, per accennare ai più insignificanti casi sociali! Il matrimonio d'un ozioso la laurea di un ignorante, un'accademia d'un suonatore di violino, una serenata per una cantante fanno intuonare gli inni dei Bardi. Quindi non è un sublimarsi ma uno zoppicare sui trampoli, non sono pensieri ma ampolle, non inspirazioni ma vaniloquii. E di questi suoi vaniloquii il fatidico vate è sì contento che, non per superbia ma per un bisogno del cuore, si ferma a mezza strada a gridare «Io son poeta!» E il giornalismo in luogo di ripetere trenta volte le medesime parole come l'eco della Simonetta, in questo caso speciale risponde d'un fiato solo «L'Italia ha ancora un poeta!» Ma il più comico in siffatti componimenti è che di solito terminano con un'apostrofe alla stessa canzone inanimata, dandole qualche modesto consiglio, o qualche incumbenza di premura. Però non succede mai il caso che un poeta sincero venga via a dire (che almeno farebbe ridere di cuore) «Canzone, va dal tale o dalla tale e le significa che in compenso dell'aver io sì indegnamente prostituita la poesia a divinizzarla, voglio un oriuolo. un anello, una moneta! se no, il tanto bene che ho scritto di lei non potrà mal valere il tanto male che ne dirò dappertutto.» Vi sarà a Pavia un bravo giovinotto che a forza di amoreggiare, di giuocare, di far debiti e di ripetere esami riesce a farsi addottorare in diritto. Per sì augusta cerimonia non gli basta l'avere speso tanto denaro sotto al piacevolissimo titolo di deposito: nè l'aver superato la noja di tante visite d'uso, nè il dover dare un pranzo agli amici, nè l'essere espilato da cento mancie ai bidelli, ai servitori dei professori, e fino ai suonatori che vengono sotto alla finestra a gridare fra il clangor delle trombe« Evviva l'egregio sig. N. N, dottore in ambe le leggi!» Tutto ciò non basta, perchè viene a perseguitarlo anche la lirica. La quale per non cadere nei luoghi comuni e tenersi alta gli vien dicendo che «la dea Temide inorridita delle iniquità del mortali, già da molti secoli si è affatto ritirata dal mondo, e salì nell'Olimpo in grembo a Giove. Ma adesso vedendo da lassuso i mirabili progressi fatti da Baldassare o da Giacomino nella scienza del foro, ed il suo grande amore per l'onesto ed il retto, si riconcilia col genere umano, scende dal cielo, posa l'alloro sul capo al candidato, e gli dà la bilancia perchè amministri la giustizia in suo nome. » Oh, il bravo giovinotto sa ben egli di che Dea si tratti! Trattasi...... (che magnifica pagina io sopprimo per non farvi ridere fuor di misura!)

Lettori, pigliatevi le mie parole con un grano di sale, senza di che le più evidenti verità hanno spesso sembiante di paradossi: e vi persuaderete non esser di solito la poesia che un vano allettamento degli orecchi: che va lontano mille miglia dalla realtà delle cose: che tradisce la propria missione, quella di concorrere al miglioramento della società. Perciò è grido universale ed antico che i poeti sieno gente matta: perciò il secolo attuale, che fastidisce l'astratto e corre al positivo, dimanda loro imperiosamente la poesia applicata a qualche cosa, la poesia avente un perchè. Ma questa esige un fiero buon senso che è merce rarissima: ed ecco come ad onta di tanti versi, che non v'ebbe mai una così ammorbante ventosità di cervelli, si dica assennatamente che questa è un'epoca antipoetica.

Ma vedete un poco le contraddizioni degli uomini! Quando alcuno compreso da queste verità sorge come Parini e Porta a dare la vera poesia Civile contemporanea e topica: quando la applica alle tendenze pseudofilantropiche, agli abusi, alle arti, alle istituzioni libere: quando vi adombra alcuno de' vostri piccoli eroi non quale se lo imagina il volgo, ma qual è realmente: e tutto ciò con tocchi leggieri di gioconda ironia, colla bonarietà che si addice a questa ricca, grassa ed allegra Lombardia: allora sapete che cosa succede? Dai più si ride, si applaude, si vuole che si prosegua: ma nessuno francheggia il poeta d'autorità o di protezione: ma tutti si ritirano in circolo a contemplare sogghignando l'assurda lotta di una povera penna isolata coi pregiudizii appoggiati alle casse d'oro. Poi si grida all'inquieto, all'accattabrighe, all'uomo pericoloso, all'imprudente che si compromette e si danneggia. Insomma la stessa Civiltà s'impenna e si spaventa della troppa civiltà. Dunque io non voglio stampare i miei versi, anche per ciò che forse non otterrebbero la sanzione legale: appunto come quindici anni indietro non passava nelle Camere d'Inghilterra il bill di emancipazione per i Cattolici,

Devo però confessare che ripensando a questi versi scritti colle più sante intenzioni, qualche volta mi nasce un leggiero sospetto che ci sia dentro una sottil vena di malignità. E ciò mi fa gran meraviglia non sapendo combinare tale idea coll'essere io una così buona pasta di galantuomo. Ma sapete da che dipende questo? la colpa è tutta del dialetto milanese. Oh che lingua calzante, ardita, vibrata, briccona! che speditezza di giunture possedé ella mai! che petulanza di atteggiamenti! che proverbii da sentirsi a frugar nei visceri fino all'umbilico! Lo scrittore italiano suda quasi sempre per innalzare le parole al livello dei concetto: il milanese è trascinato dalla prepotenza delle parole a dire assai più di quello che voleva. Quanto è vero che le lingue sono, almeno nella parte robusta, create dalla plebe! La baldoria delle taverne, l'ubriachezza, i patimenti, le superstizioni, la rabbia, i debiti, la disperazione del volgo agiscono come trombe prementi, e gli fanno schizzare dai cervelli i parlari poetici, e le frasi che salgono fino al cielo, E quei pochissimi dotti che si degnano di raccoglierle e di assimilarsele scrivono bene nella loro lingua artifiziata: ma i più che non se ne curano ci regalano quella solita lingua Italiana pallida, floscia, sdrajata, che par di leggere gli inventari dei rigattieri od i rogiti dei notai, i rigattieri della legislazione. Figuratevi quanto io debba trovare assurdi coloro i quali, mentre io scrivo ai milanesi di cose milanesi, mi consigliano di adoperare la lingua generale, che non ha leggiadria nè colorito se non in quanto si fa bella delle penne dei dialetti. Quand'io, per usare una viva imagine ultraromantica, porterò il mio lapillo alla gran piramide della gloria Italiana: quando per la felicità di tutta la penisola comporrò delle egloghe o dei poemi epici, vi prometto di valermi della lingua dei dotti; ma almeno quando scrivo per la cara patria lasciatemi adoperare la mia dolce lingua nativa, la tanto appropriata e poetica degli ignoranti. Poetica ad un segno tale che mi tocca di fare sforzi incredibili a frenarla ed a temperarne l'impeto: altrimenti vi giuro che la mi diventerebbe una lingua da pugnalate. Nel genere satirico poi è di una bellezza anomala, affascinante, che si fa dar ragione anche quando ha torto. Si cavalca la piccola vittima con un brio ed una sicurezza, che è una vera magia. Io, quando tengo in mano una dozzina di sestine mi figuro di essere Giove seduto sulle nubi a fulminare i Titani. Sarà un delirio quest' ammirazione pel mio mestiero: ma è nello stesso tempo una felicità: è la beatitudine di coloro che sono perdutamente innamorati della moglie. Siffatta pazzia per altro è giustificata dalla seguente osservazione. Le cose che scrivo io sono tanto facili, vere ed evidenti, che le scrivono mollissimi altri, e spesso le riscontro sui giudizii e sulle polemiche dei giornali. Ma che volete? in quella benedetta lingua dei dotti le dicono così male, che si lasciano perfino stampare e, stampate che sono, nessuno v'abbada: mentre si fa un indegno clamore per pochi versi in dialetto che circolano raccomandati alle penne.

È bensì vero che usando del vernacolo si rinuncia al vantaggio d'essere intesi da lontano. Ma oltrechè ciò è un danno di mera apparenza, perchè della satira intima e cordiale non possedono la chiave che i vicini, vi fo riflettere che si guadagna in profondità assai più di quanto si perda in superficie. I letterati di tutta Italia gustano il Parini: il Porta è gustato dai letterati e dagli idioti di tutta Lombardia . Supponete d'essere ad un gran pranzo a leggere una bella poesia italiana. Tre quarti dei commensali fingono di capire: i servitori stanno lì immobili e freddi come cariatidi: se la storia è un po' lunghetta, qualche mano educata va tra la bocca ed il naso a coprire il solecismo d'uno sbadiglio: tutti poi applaudono con molto più di serietà che di persuasione. Leggete mo una poesia milanese. È un tripudio ed uno schiamazzare infinito: ridono i fanciulli, ridono i camerieri, ridono il cuoco ed il guattero che in berretta bianca si vedono a far capolino da un antiporto per godere la scena. Insomma la poesia in dialetto milanese è buona per tutte le età e le condizioni: è nientemeno che poesia Umanitaria! Si può dire di più? partecipare ai diritti di questo sublime epiteto che il secolo decimonono applica ad esprimere quella foga di filantropia estesa a tutte le classi, dalla quale è divorato!

Ma qui devo fare una dolorosa meditazione. Penso che di queste poesie umanitarie io per il quieto vivere ne soffoco in mente novantanove su cento, dio sa con quanto danno della mia gloria, e quello che importa assai più, della mia patria. Penso che la centesima a cui do corso è come un po' di vapore che si sprigiona dalle valvole di sicurezza del cervello, senza di che mi scoppierebbe la testa. Ebbene, chi lo crederebbe? Invece di essere ammirato per i miei ostinati e sublimi silenzii, sono da molti condannato pel pochissimo che dico. Oh quanto è tristo il mondo! Io, vedete, ne sono così disingannato, che se non mi trovassi già bello e fritto dal settimo sacramento, vorrei andare .... che dico? vorrei restare qui a farmi Cappuccino: chè almeno avrei la speranza di rappresentare dopo quattro o cinque secoli la mia bella parte in qualche spasmodico romanzo. Non consentendolo il Destino, che per i poeti ha sempre il predicato di barbaro, il meno ch' io possa fare è di promettere che, salvo il caso urgentissimo di veder minacciato il mio capo dalla veemenza del vapore, di tali poesie non voglio farne più: nuovo titolo per raccomandarvi le prose, ossia le mie Opere future.

Ma finalmente quali saranno queste opere? Qui è dove la mia Prefazione minaccia di diventare un capolavoro per le immense difficoltà superate. Però è inutile che io tenti d'ingannarvi su di ciò, perchè vedete bene ch'essa volge al suo termine. Anzi temo forte che vi giunga più tardi assai di quanto convenga ad uno Scherzo che per essere bello vuol esser breve. Ad ogni modo, se non vi ho pensato molto prima, sarà il meno male provvedervi subito: tanto più che rifletto esser meglio lasciarvi all'oscuro de' miei grandi progetti per non togliervi il piacere della sorpresa. Ed è appunto perciò che non voglio più fare nemmeno la Storia Universale, che è poi sì piccola cosa. Io ho tracciato il piano, altri ne approfitti se vuole:

Messo t'ho innanzi, omai per te ti ciba.

Non mi resta più dunque a far altro che rivolgermi ai Giornalisti. Cari amici, lodate la mia Prefazione, e lodatela molto perchè vi assumete una grande responsabilità: quella dell'indole delle mie Opere future. Io potrei per le critiche cadere in avvilimento, e non farne più: o per lo meno dar loro una tinta sentimentale di desolazione e di misantropia da far perdere l'appetito a tutti i miei ammiratori dopo averlo perduto io stesso. Perciò fatemi degli elogi sperticati, senza riserve, senza stitichezze, senza ma, senza però, senza si bramerebbe dall'autore .... Che cosa potete bramare di più per una Prefazione? Rileggetela, se vi basta l'animo, e vi troverete dentro un diluvio di belle cose, senza computare le tante altre assai più belle ancora che vi aggiugnerei se potessi: cioè se l'Accidia non mi tirasse pel braccio destro consigliandomi seriamente per la mia salute a riposare almeno nove mesi da sì immane fatica. Dunque veniamo a patti. Se voi altri troverete bello, magnifico e spiritosissimo tutto ciò che ho scritto, anche quando bonus dormitat Homerus, io vi cederò sempre l'onore di stendere i panegirici delle mie Opere future. Se poi mi farete i cachetici e gli schifiltosi, per l'avvenire ci penserò io anche a compormi gli articoli in lode: mentre in questo caso o troverò qualche generoso amico che, felicissimo d'aver fatto un lavoro mio, lo firmerà: o lo sottoscriverò io stesso con un qualche nome che non esiste in nessun ruolo di popolazione.

FINE.

SUL GATTO

CENNI FISIOLOGICI E MORALI

AL CONTE

GIULIO LITTA VISCONTI ARESE

CAVALIERE DELL'ORDINE GEROSOLIMITANO

SOCIO DELL'ACADEMIA MUSICALE

DE' FILARMONICI DI BOLOGNA

SPLENDIDO CULTORE E PROTETTORE

DELLE BELLE ARTI

QUESTO SCHERZO L'AUTORE OSSEQUIOSO

D.D.D.

PREFAZIONE

Il divino Raffaello ebbe tre distinte maniere di dipingere: e io, modestamente imitandolo, intenderei di averne almeno due: poiché scrittorelli e poetastri, da cattivi a pessimi, sono pur sempre pittori. Avverto dunque, a comodo di chi bramasse saperlo, che la mia seconda maniera comincia dall'opuscolo presente, del quale entro a dare in breve le filosofiche ragioni. Questo è indispensabile in un secolo che vuol veder chiaro in tutto, perfino nello scopo dei libri inutili, che d'ordinario si compongono o per vanità di fama o per pungolo di fame.

Il mio primo maestro o, per continuare la similitudine, il mio Perugino fu sventuratamente quel vecchio pagano di Orazio Flacco, alla cui scuola io non appresi che la malizia e l'arte delle piccole bricconerie. Egli m'insegnò nientemeno che la satira, il genere di scrittura più immortale e anticristiano che dir si possa; la buffona e arrogante satira che osa giudicare i gusti del bel mondo, e farsi beffe degli adorabili capricci della moda. Incaponito dietro a quei precetti fallaci, mi posi avventatamente a scrivere e pubblicare il mio magro parere su tutto, e a menar colpi da orbo, e a fare il Don Chisciotte in favore della verità, la più ingrata delle Dulcinee, e in difesa del buon senso che è un servitore più ridicolo e goffo di Sancio Pancia.

Ma ci fu ancora di peggio. Con quel suo vizio di indicare le persone col loro nome proprio, Orazio mi avviò sulla facile e sdrucciolevole via di accennare candidamente a Tizio, Caio, Sempronio: la satira individuale, non vi dico altro! alla quale fui indotto dal solo mal esempio, per eccesso di innocenza e buona fede. E appunto per soverchia dabbenaggine la mia immaginazione non avvisò mai alle possibili conseguenze di quelle enormità involontarie: tanto più che vedeva non essere mai venuti meno al maestro né le simpatie popolari, né la protezione d'Augusto, né i benefizi di Mecenate, né la deliziosa villa di Tivoli dove egli passava metà dell'anno a fare un tantino l'epicureo, a minchionare il prossimo e soprattutto le amanti dismesse. Ma io, fatalità! per le mutate condizioni dei tempi mi trovai, senza avvedermene, impigliato in molestissime brighe col terzo e col quarto; e ne seguirono le antipatie, gli odi, le denigrazioni, lo scredito, e il triste esiglio: senza contare la consunzione, figlia del rimorso, che mi spolpa e divora. Cose da farne una tragedia in versi martelliani.

Bisogna però convenire che a que' malanni contribuirono non tanto i tempi quanto i luoghi. Per uno scrittore un po' vivace è gravissima sciagura il nascere in paesi d'una moralità così desolante e severa da inorridire all'idea di una scherzevole satiruccia . Come si trattano diversamente queste faccenduole al di là dell'Alpi! Colà i partiti si strapazzano l'un l'altro allegramente e si versano addosso la cornucopia del ridicolo: né vi è persona sì altamente collocata cui non sappia arrivare fin sotto al naso col suo buffetto il più pigmeo dei giornalisti; e, dalla sfrenata parodia delle più decantate opere letterarie fino alle piccole caricature del Musée Philipon, è un continuo burlarsi degli uomini e delle cose. Né di siffatte pubblicazioni alcuno si offende; ma tutti ridono, e in prima coloro che sono vittime di quelle botte di penna o di matita: perché in fin de' conti sono tutti mezzi di farsi nominare e salire a celebrità. Ma qui da noi che imitiamo tutto dai Francesi, fino all'inevitabile pardon, non sappiamo perdonare a chi tenta darci un po' d'importanza diffondendo il nostro nome in verso o in prosa. Oh, è pur difficile e schizzinosa questa benedetta razza de' Longobardi! Si dura fatica a persuadersi che il Parini e il Porta non siano riusciti a renderla più maneggevole e bonina.

Ma ciò si dice sol per mostrare le differenze caratteristiche da popolo a popolo: né impedisce che io sia sinceramente pentito delle mie giovanili balordaggini, e risoluto di ripararle alla meglio cambiando affatto tavolozza o stile. E parmi che questo si possa ottenere facendo diametralmente il contrario di quanto ho fatto finora. Per l'addietro amaro come il fiele? da qui innanzi dolciastro come la manna. Prima ruvido e duro come un chiavaccio irrugginito? adesso facile e scorrevole come il sapone nell'acqua calda. Alle indiscrete censure succederanno gli elogi sperticati; l'audace che trovava tutto biasimevole e cattivo, non finirà mai di dire come tutto sia buono e bello. Per esempio: sarà glorificato un imbecille? e io: bene! Si vedrà premiato un birbone? e io: bravo! Uscirà un libro senza senso comune? e io: sublime, impareggiabile! Insomma, lodar molto e lodar sempre, ecco in due parole il programma della mia futura vita letteraria.

Riflettendo però maturamente, anche questo progetto così naturale è piano in teoria, all'atto pratico ha i suoi ostacoli, e può incontrare la critica piú acerba. È quello che accade di quasi tutte le cose anche più facili in apparenza: e sappiamo da Esopo che perfino nel condurre un asino al mercato è impossibile farlo in maniera che soddisfi al genio di tutti. Dunque dimando io: chi o cosa dovrà celebrare ne' miei libri? Ho da lodare la virtù e soprattutto farla trionfare? sono assunti da commedia e utopie da palco scenico. Loderò il vizio? se ne incaricano già anche troppo i romanzieri oltramontani. Farò salamelecchi ai personaggi potenti? nessuno mi salverà dall'accusa di vigliacco. Farò plauso ai ricchi? sarà inevitabile la taccia di scroccone. Se prendo a encomiare gli uomini d'ingegno, mi diranno fanatico. Se dedicassi la mia penna a divinizzare i tenori sfogati che vanno alle stelle, le prime donne assolute che fanno furore, e le comprimarie che sono evocate all'onore del proscenio usurperei non solo la missione, ma anche la lingua speciale del giornalismo. Oh, alle corte, sapete cosa ho pensato di fare? loderò le bestie, proprio quelle da quattro piedi e con tanto di coda; e così la passerò netta d'ogni rivalità, d'ogni invidia, d'ogni sospetto di secondi fini.

Fra queste ho scelto il gatto per il primo, perché è conosciutissimo, comune a ogni clima, sparso per tutte le case, accessibile alle più umili condizioni, fino alla donnicciola che fila la rocca, e al letterato. Quindi avverrà il caso rarissimo che, leggendo, tutti saranno giudici competenti delle verità da me annunziate, e si udirà da ogni parte: «Sembra che abbia studiato la mia gatta. Il nostro micino è tale e quale. Il gattone soriano che abbiamo mangiato lo scorso inverno faceva precisamente così».

Dunque vi offro in questo libro il panegirico del gatto: che veramente è tale, consistendo in un discorso affatto retorico, scritto secondo le regole di Aristotele, col suo esordio formale, colla confermazione, colla mozione degli affetti, e tutti gli altri amminicoli della così detta eloquenza. E se il suo titolo di panegirico non comparve netto e schietto sul frontispizio, fu, a dirvela in confidenza, per non parere soverchiamente frivolo. Esserlo, è permesso anche ai più seri o indigesti scrittori, ma sembrarlo no. Le parole cenni fisiologici e morali sentono lungi un miglio di filosofia svariata e soda: e sono modestamente promettitrici di lauto pasto alla curiosità dei dotti. Chi ben comincia è alla metà dell'opera: e chi sa inventare un frontispizio ingannatore, faccia conto d'aver composto la parte migliore e più difficile del suo libro.

Ma v'è un'altra forte ragione che mi determinò a scegliere il gatto per primo soggetto delle mie lodi. I destini di questa bestia, che è la più cattiva e la più fortunata di tutte, furono sempre per me un fatto significantissimo e fecondo di applicazioni. Che malvagio animale! dissimulatore profondo; traditore bisbetico, che vi graffia subito dopo una carezza; nell'indocilità e nell'ostinazione non ha rivali; egoista, anzi apatista come un acefalo per ogni cosa che non riguardi il suo interesse; tutto cervello per la malizia e per ogni genere di perfidie (compatite se per un resto di abitudine dico un po' male almeno de' bruti); leccardo come un sibarita; ozioso di professione; ladro nato, e ladro pel solo piacere di rubare; vigliacco coi forti, crudelissimo e sanguinario coi deboli: per essere enciclopedico nella scelleratezza, non gli manca che l'arma della parola.

Eppure egli è beneviso, accarezzato, lautamente nutrito. Ma per quali virtù? per un po' di lindura della persona e gentilezza di modi, e qualche abilità nella caccia del topo. E tante altre bestie infinitamente più utili e buone sono malissimo pasciute, sovraccaricate di lavoro e di percosse. Questa ingiustizia sociale mi richiama a que' bellimbusti completamente perversi e spregevoli che, per un abitino elegante e qualche vernice di amabilità e molta destrezza nel dar la caccia all'onore muliebre, si rendono importanti, sono ambìti ne' circoli, diventano gli idoli del bel sesso e i padroni nelle case altrui. A me paiono gatti, né più né meno; ma certamente ho torto, perché tutto il mondo s'accorda nel chiamarli lioni.

Qui però non vorrei che la sottile e maligna critica avesse a scoprire una contraddizione fra quanto scrissi ora sul gatto, e ciò che di lui si leggerà più avanti, nell'elogio. Dico dunque, che mai la contraddizione esistesse, sarebbe ottima cosa: perché non v'è nulla di più frequente, comune e naturale agli uomini quanto il contraddirsi così in fatti come in parole. Ora, se il sommo dell'arte sta nel cogliere la natura ne' suoi più varî e piacevoli accidenti, io qui avrei scritto, senza avvedermene, una pagina stupenda. Forse è per questo che alcuni libri leggiadramente screziati d'ogni colore e gremiti di assurdità ottengono molta voga: quanta natura in quei capolavori dell'arte! Nel mio caso però si troverà che non v'è contraddizione, quando si faccia una distinzione importante. Le cose che ora dico non sono già il libro, ma la prefazione, che d'ordinario non viene letta da nessuno, salvo gli amici più affezionati e curiosi. Questa dunque è una chiacchierata familiare fra il crocchio intimo della sera, quando si apre liberamente il cuore e si esercita la più atroce maldicenza, che di solito è la nuda verità e anche meno. Dopo viene il libro, fatto anche per tutti i profani che non capiscono niente delle cose del mondo: e là, siccome l'assunto è di lodare, si deve essere impudentemente bugiardo come un articolo bibliografico e una necrologia, inventando virtù che non esistettero mai, e voltando in virtù fin anco i vizi.

Ma, a proposito del contraddirsi, mi nasce uno scrupolo. Io lanciai qualche parola sui libri frivoli con apparenza seria, e non vorrei che andaste meco troppo d'accordo sulla frivolezza del mio. Sarebbe una pessima concessione. Gli autori, mi pare d'averlo accennato altrove, non sono mai modesti che a patto di esser contraddetti: rassomigliando in ciò alle belle signore quando dicono: «io sono vecchia, io sono brutta». Il meno che si possa rispondere è un «oh anzi, so ben ch'ella burla!». Guai se per divagazione di mente e per abitudine di tutto approvare scappaste fuori colle solite parole: «lei dice benissimo». Dunque il mio libro è tutt'altro che frivolo. Lo sarebbe se io facessi l'elogio individuale del mio gatto, quantunque anche in questo caso militerebbe per me un esempio tutto italiano del secolo decimottavo, allorché la morte del gatto di Domenico Balestrieri fu pianta in ogni possibil metro dai poeti di tutta la Penisola, e se ne fece un grosso volume a vanto dell'immarcescibile Arcadia. Ma io tratto della specie: intendete? E una specie qualunque è sempre importantissima; e più adesso, in quest'epoca della zoologia, che giudica non essere mai abbastanza studiate le bestie, e che introduce nel tempio della gloria chiunque faccia raccolta di lucertole, o sappia descrivere le corna delle lumache, o vada a caccia di farfalle, o infilzi un moscherino sullo spillo. Per dimostrarvi quanto sia importante una specie anche umile di bestie in confronto della più orgogliosa individualità umana, bisogna che brevissimamente vi annunzii una verità filosofica al massimo grado.

Il mondo, esaminato in grande, si move e progredisce non tanto per alcuni clamorosi, locali e temporanei avvenimenti, quanto per la continuità e universalità delle più tranquille, minute, comuni abitudini e tendenze della vita. A cagion d'esempio: un buono o cattivo sistema doganale ravviva o fa illanguidire momentaneamente il commercio in una o più nazioni; ma il commercio universale è eternamente alimentato e spinto dall'avarizia, dalla ghiottoneria, dalla mollezza, dal lusso, dal desiderio delle cose nuove, e da altri moventi che stanno nel cuore di tutto il genere umano.

Cento Colbert non varrebbero la minima di queste passioncelle della gente innominata. Per estesa che sia la sfera d'azione d'un conquistatore o d'un legislatore, la Terra è almeno dieci volte più grande dello spazio dove può giungere la sua influenza, e nove decimi ne sono esclusi o immuni. Più: quelle tali famose riforme, o rivoluzioni politiche, o fasi d'incivilimento che dir si vogliano, attribuite al genio individuale, certamente erano predisposte dalla maturanza dei tempi, cioè dall'opinione e dalla volontà delle masse; e probabilmente sarebbero avvenute anche senza la comparsa di un dato uomo, con maggior lentezza sì, ma con meno di violenza e di scossa.

Il gatto non fa altro di bene che liberarci dai topi, al quale intento non bastano né le trappole, né i bocconi avvelenati. Ma questo bene lo fa proprio lui, non aiutato da circostanze favorevoli, e lo fa sempre, e lo fa su tutta la superficie del globo. Guai s'egli cessasse dal mangiare i topi! saremmo forse ridotti a mangiarli noi. Sesostri, Ciro, Alessandro sono per noi remotissime e indifferenti tradizioni storiche: se non fossero mai esistiti, noi ci saremmo ugualmente, né più né meno felici. Altrettanto diranno di recenti personaggi i lontani posteri «che questo tempo chiameranno antico»; anzi la maggior parte degli uomini non saprà mai nemmeno i loro nomi. Ma il gatto sta sempre, e dappertutto, e a pro di tutti. Dacché c'è il mondo e finché durerà, l'uomo ha sempre opposto e opporrà sempre al nemico topo l'amico gatto. Ora, sommate i suoi benefizi, moltiplicateli pel tempo e per lo spazio, e riusciranno come l'immenso numero di gocce d'acqua che formano il mare; e troverete che l'umanità deve assai più gratitudine alla specie del gatto che a qualunque isolato individuo della specie propria.

Lasciando dunque che altri celebri i fasti di Carlo Quinto o di Napoleone, io imprendo a trattare le lodi del gatto. Né temo la taccia di frivolezza: perché a considerare le cose con occhio di vero umanitario, a saper filosoficamente riferire il microcosmo al macrocosmo, io troverei importantissimo anche un opuscolo che insegnasse l'arte di cogliere le pulci al salto.

E qui fo punto e riposo, giacché i sublimi voli della filosofia hanno questa virtù: che stancano terribilmente. Va dunque, libretto mio, buono o cattivo, ragionevole o assurdo che dirti vogliano, va e gira più che puoi. Salutami tutti gli amici lontani, e prova loro che io sono ancora vivo in quanto a uomo, e non ancora perfettamente morto in quanto a scrittore. Soprattutto ti raccomando di annunziarti come aspettato in tante case di preziose conoscenze da me fatte nei giorni 17 e 18 dello scorso settembre (1845) a bordo del Castore, che ci portava al settimo Congresso dei dotti italiani. Era commovente lo spettacolo a veder circa duecento passeggeri, che correvano da Genova a Napoli colla velocità di dodici miglia all'ora, allo scopo sublime di mandare innanzi la scienza.

Che se per avventura la scienza sola fosse restata tranquilla al suo posto, noi pratici della sua pigrizia ed educati alla rassegnazione, non dimenticheremo mai quel magnifico mare, quel purissimo cielo, quell'isole amene, quelle deliziose costiere, quello splendido sole, quella luna piena, quel vino buono, quel tanto ridere e cantare, quel bivaccare tutta la notte sopra coperta, e specialmente quella sublime fraternità (italiana, s'intende) stabilita dalla scienza e dal mal di mare. A meglio condire le quali cose concorrevano forse una dozzina di signore veneziane, lombarde, piemontesi, delle quali alcune bellissime, tutte spiritose e gentili, e animatrici di quella scena tanto memorabile nella nostra fredda e monotona vita.

A chiunque mi dimandava che cosa fosse per procreare la mia musa, io rispondeva: un gatto. E appena restituito al focolare domestico, diedi l'ultima mano al mio lavoro. Agli amici dunque e vecchi e nuovi lo raccomando; e se nell'indulgenza loro lo trovassero a livello dell'argomento che tratta, mi sapranno poi dire qual sia la prima bestia che io debba celebrare dopo il gatto.

Esordio

Quando alcun uomo si rende celebre per potente individualità di carattere o d'ingegno, io mi sento portato, senza volerlo, a riflettere qual sia la bestia ch'egli maggiormente rassomigli. E ciò in forza d'una persuasione: che la vera originalità sia dote esclusiva dei bruti, mentre gli uomini, dal più al meno, siano sempre imitatori. Strappati tutti alla natura e posti sotto al giogo delle convenzioni, hanno studi da ficcarsi in capo per forza, esempi obbligati ai quali uniformarsi, vie prestabilite a seguire: insomma non fanno che imitare e copiare; e il peggio si è che d'ordinario riescono copie cattive e meschine per le incertezze del criterio e il perpetuo conflitto delle opposte passioni. Ma le bestie, guidate dal solo istinto, e in balìa al natural talento, hanno abiti e costumi pronunciatissimi, forti, costanti, sono eternamente uguali a se stesse per virtù propria e innata, senza modelli mai, senza pregiudizi, senza aberramenti di educazione.

I poeti, i filosofi, i dotti di tutte le nazioni, anzi tutte le nazioni in massa, rendono testimonianza di questa verità: essendoché dalle similitudini dell'epopea fino ai proverbi della plebe è un continuo confrontare gli uomini alle bestie come le imitazioni agli originali. Se siamo tardi d'ingegno, ci chiamano buoi; se sudici e corpulenti, porci; se villani e selvatici, orsi; se ignoranti, asini. Chi ripete i discorsi altrui, è un pappagallo; chi riproduce le altrui azioni, è una scimmia; chi esercita un poco di usura a sollievo dei disperati, è una mignatta. Patite le distrazioni? vi dan dell'allocco. Siete uomo di tutti i colori? vi dicono camaleonte. Siete astuto? oh che volpe! Siete vorace? oh che lupo! Oh che talpa! se non vedete le cose più chiare. Oh che mulo! se siete pertinace. Oh che gufo! se aborrite la luce della verità. La donna iraconda e vendicativa è una vipera, la volubile è farfalla, civetta la lusinghiera, e coloro che cascano sotto le sue smorfie si dicono merlotti.

Ma qui, osserverà taluno, non si tratta che di qualità viziose. Oh, è appunto nelle virtù che l'uomo è sovranamente bestiale, cosicché il sommo della lode, anzi dell'adulazione, sta nel significare che egli imita bene alcun bruto. La forza con generosità (e anche senza) ha l'eterno suo modello nel leone. La fedeltà e l'amicizia hanno per tipo inevitabile il cane, che da secoli innumerevoli è il pensierino arcadico di tutti gli scalpelli. Gli amanti teneri si dicono colombe; gli ingegni sublimi, aquile; i buoni poeti, cigni. Chi ha acuto l'occhio della mente vien paragonato alla lince; chi fa risparmio pei futuri bisogni si chiama provvido come la formica; perfin l'eclettico è un'ape che succhia il meglio da ogni fiore. Insomma, stimo bravo chi mi sa trovare un individuo solo, che, in bene o in male, non rassomigli a tre o quattro bestie almeno. Anzi è ragionevole il credere che l'uomo si chiami re degli animali per questo che sa far compendio in sé delle tante virtù sparse in tutto il regno animale. Ma siffatta attitudine enciclopedica è quella appunto che toglie alla specie umana ogni vanto di originalità. Parmi dunque che chi voglia aspirare a simil lode dovrebbe ridursi all'imitazione di un solo tipo, intendo di una bestia sola, per riuscire almeno qualche cosa di mercato e definibile. Né da ciò vorrei duramente concludere che non si possa essere a tempo e luogo rettili o falchi, pecore o lupi, conigli o leoni, secondo i dettami della prudenza: oibò! Concesso nelle speciali opportunità il tesoreggiare delle sublimi e varie lezioni di tutta la natura vivente, dico che nelle ordinarie fasi della vita è d'uopo uniformarsi a un solo modello.

E quale sarà questo? Se è vero che mèta d'ogni umano operare debba essere la sapienza e la felicità; il nostro tipo vuol essere il gatto; perché il gatto è fra tutte le bestie la più sapiente e, per necessaria conseguenza, la più felice: giacché imparammo nelle scuole dalla sola sapienza derivare la felicità.

Ed ecco quanto mi accingo a dimostrare se mi onorate di cortese attenzione. Che se ai chiaroveggenti paresse esser troppa l'evidenza del mio assunto per abbisognar delle prove, facciano conto di assistere alla solenne rivendicazione della fama del gatto, iniquamente oltraggiata da rancidi pregiudizi e da osservazioni superficiali. Opera sarà questa non indegna del nostro secolo filosofico, tutto inteso a sradicar vecchi errori, ad apprezzare i meriti e le riputazioni, a riparare coi monumenti marmorei l'ingratitudine delle passate generazioni: e tutto ciò al lume della moderna critica perspicace che, a guisa d'un canocchiale, ingrandisce gli uomini piccoli e impiccolisce gli uomini grandi, secondo che si guarda da una parte o dall'altra.

E tu, o animal grazioso e benigno, feconda il mio dire; mettiti dinnanzi alla mia memoria nel multiforme esercizio de' tuoi talenti, nelle ardue prove della tua prudenza, nelle estasi soavi degli ozi tuoi: sicché, inspirato dalla nuova sapienza del tema, io compia un lavoro degno dell'epoca, e degnissimo delle lettere italiane.

Le bestie o sono in istato di libertà, o cadono in potere dell'uomo. Nel primo caso versano tra mille privazioni e pericoli per mancanza di alimenti, per inclemenza di stagioni, per guerre mortali con altre specie. Se poi vengono in dominio dell'uomo, perfino quelle che, servendo ai comodi e ai piaceri di lui, sono mantenute in vita e prosperità, scontano i vantaggi di questa protezione fra le durezze inevitabili della schiavitù.

Pappagallo, tu godi fama di altissimo ingegno per la virtù di ripetere le parole senza intenderle; a un dipresso come i più degli uomini, che dicono le cose per la sola ragione dell'averle sentite a dire, e opinano, e fanatizzano, e combattono per princìpi dei quali non si degnarono mai di esaminare il significato. Tu dunque sarai comprato a caro prezzo, ammirato, accarezzato, trattato a mandorle, confetti e paste dolci; ma tutto questo in una gabbia, o legato sopra un palo per tutta la vita, niente meno che divenuto affatto inutile il sublime ministero delle ali.

Scimmia, l'esser tu nell'aspetto e negli atti una schifosa caricatura dell'umana specie, ti farà desiderar nelle sale dei ricchi e ammirare pe' trivi. Ma nelle prime succederanno alle carezze dei padroni le beffe e gli insulti dei servidori, alle brevi e superficiali amicizie le freddezze lunghe e le dimenticanze: proprio come accade di solito ai piccoli che coltivano i grandi. Per le piazze sarai la Taglioni o la Cerrito della marmaglia; e se non vincerai quelle divine femmine in grazia e leggiadria, certo starai sopra di loro in forza e agilità. Ma in cambio dei tesori e dell'apoteosi, avrai risate e frustate, e poco pane cattivo: tenuta da per tutto a catena corta, e punita d'ogni atto impertinente, e perfino interdetta negli amori che sono la tua maggior passione. Dimando io che miserabil vita è la tua.

Cane, se tu sei di nobil razza, e de' meglio capitati, avrai tappeti morbidi, bocconi squisiti, e una profusione di carezze da consumarsene d'invidia gli adoratori della tua padrona. A norma delle stagioni, sarai lavato, pettinato, tosato, riscaldato. Andrai al corso e in villa in carrozza. I medici non isdegneranno di consultare sulla tua preziosa salute; e se andrai perduto o rubato, il miglior letterato ammesso alla gentilizia mensa (e si dubita ancora se la letteratura in Italia abbia una missione!) dovrà comporre per la stampa un avviso che descriva le tue bellezze, e prometta largo premio a chi ti porta. Ma bada bene che, fra tanti agi e tanta gloria, ti accadrà d'esser pigliato a calci quando ti troverai a quattr'occhi con un domestico villano; ma bada che se per troppa confidenza ti arrischierai di passeggiar un poco per città senza cravatta, ne può andar la vita all'istante; ma bada che verrà l'usanza di metterti una museruola, che non ti lascerà nemmeno fiutare i tuoi interessi; ma bada che, se punirai di morso qualche impertinente che ti abbia aizzato e tirato per la coda oltre ogni discrezione, sarai legalmente perseguitato e anche messo a morte come pericoloso e sospetto d'idrofobia.

E tu, cavallo, e tu, asino, e tu, mulo, e tu, bue, ditemi tutti voi quante fatiche e busse veramente bestiali vi tocca di sostenere per un po' di fieno che vi tien vivi e una tettoia che vi copre dalle intemperie. E così dicasi della maggior parte dei bruti.

Ma il gatto! Oh, il gatto ha saputo scegliersi il miglior posto possibile nella storia naturale. Egli si è così ben collocato in mezzo alla più raffinata civiltà e alla più selvaggia indipendenza, da prendere tutto il buono e schivar tutto il cattivo dei due stati. Nel che parmi aver esso praticata e indicata al mondo fin dal principio dei secoli la gran teoria del giusto mezzo, della quale osano menar vanto d'invenzione i politici moderni, e che non è mai tanto bene applicata, come all'arte difficilissima e sublime di godere la vita. Vediamo il nostro eroe in azione.

Nasce appena un micino, e già vien liberato da ogni concorrenza di fratelli e sorelle, che d'ordinario si sacrificano per accumulare sopra lui solo tutti i vantaggi d'una esistenza invidiata. È l'applicazione un po' rigida e assoluta del sistema dei maggioraschi, anzi ne è l'ultimo perfezionamento. I fanciulletti sentono con maraviglia che fu portato in casa un gattino, come di quando in quando si porta in casa un fratellino; e corrono a vederlo, a lodarlo, a toccarlo, a fargli intorno festa e baccano.

La gatta madre, che alla vista d'una faccia forestiera e sospetta diventerebbe una tigre, tollera pazientemente quel parapiglia, quasi se ne compiace, e appena con un lieve lamento (brrgnin) indica al più inquieto i doveri della discretezza. Ciò proviene da quell'alto grado di avvedutezza e di tatto sociale che distingue da tutti i bruti il gatto: il quale talvolta s'avanza franco e cordiale a provocare le carezze ruvide e pesanti d'uno sconosciuto che abbia cera da galantuomo; tal'altra batte il largo e sta guardingo, né si lascia per offerte o per moine avvicinare da chi dà il più lieve sentore di voler tendere una gherminella. Pare ch'ei legga nel cuore, e indovini le male intenzioni; e il solo vedersi molto desiderato senza un perché, gli basta per mettersi nel più alto grado di diffidenza. Peccato, che lezioni così chiare, giornaliere, domestiche, vadano perdute per l'umanità. Quale risparmio di guai dolorosi e di amari pentimenti, se tanti imparassero dal gatto ad essere cauti colle persone nuove, a non aprire il cuore al primo adulatore, a non far lega d'interessi col primo imbroglione che capita tra' piedi!

Cresce il nostro piccolo amico tra le carezze e le premure della famiglia, delibando ottimi brodi, e gustando i più ghiotti bocconi appena che le forze dei denti e del ventricolo gliel permettono. Questo benessere fisico e morale sviluppa in lui i sentimenti dell'allegria e della giovialità, che coll'età adulta si modificheranno in placida e composta serenità di spirito conducente all'ozio e alla vita contemplativa. Vedetelo: egli si trastulla anche da solo, perché il gatto, d'ordinario, basta a se stesso. Un nastro che penda da una seggiola, una frangia, di coperta da letto, un gomitolo di refe mal custodito, tutto gli serve d'onesto passatempo. In mancanza d'altri stromenti, egli si diverte perfino colla propria coda, e correndo dietro alla medesima che sempre gli scappa, è forse stato il primo che suggerì ai sofisti l'idea del circolo vizioso. Manomette il cappellino della signora, e il berretto del padrone; poi va ad accomodarvisi dentro nelle più ridicole positure: egli solo non ride, perché i veri e bravi buffoni non ridono mai; me ne appello agli enfatici declamatori umanitari.

Se poi lo aiutate a giocare, vi tien testa per ore ed ore. Una bacchettina che gli agitiate davanti, una pallottola di carta che gli gettiate a' piedi, lo fanno correre, saltellare, guizzare, che è una meraviglia. Alla sera è una gara tra i fanciulli per aver micino in letto; dove egli ha la bontà di seguirvi fin sotto le coperte e conciliarvi il sonno colla blanda musica del suo fron fron.

Tutto ciò farebbe credere che il gatto sia un docile amico, pronto ai vostri capricci, almeno quando si combinano colle sue comodità. Ma aspettate qualche settimana e me lo saprete poi dire. Un bel giorno egli trova l'uscio aperto, e vaghezza di novità lo spinge a salire le scale e a portarsi in soffitta. Di là, per un abbaino, monta sul tetto a respirare un'aria più libera e pura, e a dominare col guardo porzione della città. Ebbene, fate conto che da quel momento egli sia diventato maggiorenne e sciolto da ogni soggezione di famiglia.

Non vi adombrate, miei cari: egli sarà sempre il vostro gatto; rientrerà a pranzo e a cena; moltissime volte anche a dormire. Spesso accadrà che non esca di casa per tutta la giornata: egli terrà lunga compagnia alle donne che lavorano, starà molte ore al focolare, specialmente a quello della cucina; ma tutto ciò per suo beneplacito, senz'obbligo né regola, indipendentemente affatto dal vostro volere, senza dar conto di lunghissime assenze, e di importanti e frequenti modificazioni nel suo genere di vita. Fissatevi ben bene in mente questa verità: che il gatto non vive, come le altre bestie, pei vostri comodi, pei vostri piaceri; egli vive solamente per sé, non ubbidisce che ai propri capricci, né fa alcun conto di voi se non in quanto vi trova pronti a' suoi desideri. Per esempio: egli verrà trenta volte, senza cercarnelo, a riposarsi sulle vostre ginocchia: la trentunesima che lo chiamate voi, egli non vuole, e se non vuole è finita. Pigliatelo e tenetelo a forza, che fingerà un istante di accomodarsi, e appena lo lasciate libero, vi scappa. Più vi ostinate, e più in lui si rinforza il puntiglio e lo spirito di contraddizione. Insomma, potrete bensì ucciderlo; ma ottenere da lui a contraggenio un atto anche minimo di sommissione e ubbidienza, questo no, eternamente no, no se avesse a precipitare il mondo.

O che bestia di carattere! o che sublime istinto di fiera indipendenza! di quella indipendenza che ha l'unica sua ragione in se stessa. L'arte classica ha voluto personificare la libertà in una donna, e la donna è sempre schiava. Speriamo che il romanticismo fra tante ardite e importantissime novità introduca anche questa: di simboleggiare quella dea in una gatta; persuasi che se perderemo alcunché dal lato estetico, verremo largamente compensati dalla verità del concetto.

La libertà è un'idea, o una parola, che fa delirare, affaticare e combattere tutte le generazioni. Una parola, dissi, perché questa è uguale per tutti. L'idea varia secondo i cervelli, anzi per i cervelli senza idee non sarà mai altro che la combinazione di alcune lettere dell'alfabeto. Molti tirano la libertà a questo concetto finale: «Ubbidire meno che si può; e, più che si può, comandare». Molti altri intenderebbero piuttosto: «Non comandare e non ubbidire a nessuno». Chi è fornito di senso comune s'accorge subito che caos sarebbe la società tanto nell'una che nell'altra maniera. Il gatto però è del secondo partito, e per conto proprio riduce a vera e pratica realtà ciò che per gli uomini è un'eterna chimera. Ma il peggio si è, che gli uomini sono indegni della libertà, in qualunque modo si voglia intenderla, perché sono incapaci di goderne: e anche quando a forza di oro e di sangue hanno raggiunto una qualsiasi libertà pubblica, corrono bestialmente a sacrificare la libertà privata, la vera e miglior libertà, davanti all'altare delle passioni.

Chi si fa schiavo dell'avarizia, chi dell'ambizione, chi delle femmine, chi della gola, chi del giuoco, chi della pigrizia; tiranni tutti assai più crudeli e tremendi di quei che urlano e picchian de' piedi sul teatro dell'Alfieri. Altri lavora indefessamente a rendersi servo di bisogni artificiali, strani, nauseosi, riducendosi, per esempio, alla incapacità di star due ore senza fumar tabacco, o due minuti senza tirarlo su per le narici. Altri ha il talento di saper pescare le proprie catene fin nel mare delle superstizioni, e si condannerebbe a patir la fame piuttosto che sedere a una tavola di tredici persone; e rinuncerebbe a veder suo padre per l'ultima volta anziché mettersi in viaggio in venerdì. Tutti quanti poi vanno di perfetto accordo nello stringersi sempre più il capestro della servitù di mano in mano che progrediscono nella via del così detto incivilimento, imponendosi a vicenda i passatempi, le credenze, i pregiudizi, le mode, le convenienze, i riguardi, le dissimulazioni, le epoche di cercarsi o di fuggirsi, o di far l'uno e l'altro insieme colle carte di visita; la maniera di vestirsi, di addobbare la casa, di parlare, di danzare; le ore di andare, di stare, di pranzare, di dormire. Ed è dunque per questa gente che fu inventata la libertà? Credetelo, miei cari: gli uomini e i bruti che vivono con loro o per loro, sono tutti schiavi; tutti, ad eccezione del gatto.

Il quale sa bensì godere tranquillamente i vantaggi che il vero materiale progresso introduce nelle case, come il tepor dolce ed equabilmente diffuso delle stufe, i morbidi cuscini elastici, gli squisiti intingoletti del cuoco; ma rifiuta le soggezioni e le sempre crescenti esigenze sociali, e non si lascia guastare lo spirito da nessun sistema nuovo, né imporre alcuna legge da chicchessia: sempre uguale a se stesso, pensa e agisce oggidì come cinquemila anni indietro; talché su di lui, che vive nel seno delle famiglie anche le più corrotte, non ha influenza neppure quel terribile contagio del mal esempio e dei cattivi compagni.

Il gatto, come dissi, né ubbidisce né comanda: perciò non s'immischia in nessun affare né pubblico né privato, a differenza del cavallo, del cane e d'altri animali domestici. Il cavallo cominciò una volta a lasciarsi tirare nelle battaglie, e d'allora in poi non potè più schivare la coscrizione. (Anche l'elefante anticamente esercitò l'arte della guerra, ma poi, divenuto forse troppo grasso, fu trovato invalido, e ora non ha altro talento che quello meschinissimo d'essere una bestia di gran talento: e quindi, celebre e inutile come un poeta, s'è ridotto nei casotti a servir di spettacolo alla gente che almeno una volta vuol vedere quel bestione). Il cavallo dunque prodiga la sua vita sul campo della gloria, mena i conquistatori in trionfo, s'impaccia di diplomazia e burocrazia, conducendo i ministri a corte, i deputati alle Camere, gli impiegati ricchi all'uffizio. Negli affari privati poi, dal cocchio del milionario al barroccino del medico di campagna, dall'ardente volteggiatore alla rozza sciancata, egli corre e suda per tutti, vi tira, vi porta, vi serve per ogni occorrenza della vita.

Il cane non ha per vero dire una parte diretta negli avvenimenti della patria; ma quel suo ficcarsi da per tutto e perfino in chiesa, quella specie di vita pubblica che mena per le piazze come gli antichi cittadini di Roma, quel correre tante volte serio e premuroso per le contrade come persona che non abbia un minuto da perdere in frivolezze: tutto ciò darebbe a credere che non si possa far nulla senza di lui. In casa poi il cane è tutto: custode, difensore, servitore, amico; riceve cordialmente i familiari, abbaia a' forestieri e ai pezzenti, s'affligge e perde l'appetito nelle assenze del padrone; alla morte di lui poco manca ch'ei non muoia di dolore (proprio quando gli eredi inconsolabili cominciano a rivivere di felicità): insomma è il vero disperato per eccesso di buon cuore.

Ma il gatto oibò! egli non farebbe un passo fuori della porta per veder a passare un re o un papa; né darebbe la coda di un sorcio per realizzare la repubblica di Platone. Se nella sua stessa contrada si facesse una guerra di sterminio, egli non s'incomoderebbe nemmeno a sporgere il muso dal margine del tetto per vedere cosa succede. Se la famiglia a cui appartiene muore tutta di contagio, egli non dormirà per questo un minuto di meno; e se abbrucia la casa, si ritirerà in quella che vien dopo a goderne lo spettacolo da un abbaino. Oh che anima imperturbabile, oh che sistema ambulante di filosofia! Qual cosa di meglio insegnarono gli stoici, che forse attinsero allo studio del gatto i migliori precetti della loro scuola? Io, che quando mi lascio tentare ad aprire alcun libro filosofico, di solito grido dopo due pagine: «Oh che bestia di filosofo!», ogni qualvolta penso alle virtù del gatto, esclamo: «Oh che filosofo di bestia!».

Dirà taluno che questa è filosofia d'indifferenza e d'egoismo. Ma cesserà forse perciò d'essere una filosofia, e molto diffusa e messa in credito? Le convinzioni non hanno nulla a che fare cogli affetti, anzi vi si oppongono e li tengono in misura: e allorché una maniera di vedere e di agire parte da princìpi e assume carattere di sistema, non c'entra più il cuore, e direi quasi la ragione. Tant'è ciò vero, che ogni gran bestialità che uno dica o faccia, vien di leggieri legittimata colla sola parola opinioni!

Il gatto vero padrone della casa

Il gatto, non amando che le proprie abitudini, si affeziona piuttosto alla casa dove nacque che alle persone colle quali vive. Se queste cambiano d'abitazione, egli d'ordinario resta con chi subentra, e per massima non approva il San Michele, se non quanto gli procura una più abbondante caccia di topi. Dunque egli sta di casa in casa sua, intendo nella sua casa paterna, della quale in fin dei conti è il vero e assoluto padrone.

E non ischerzo. A chi altri credete voi che competa questo titolo? Forse a colui che l'ha comprata o ereditata? L'infelice paga l'imposta e la sovrimposta, e poi altra tassa se vuol garantirsi dagli incendi; e poi deve sentire dagli inquilini cento rimproveri e minacce e pretensioni indiscrete; e per non veder la casa deperire colla rapidità d'una donna che invecchia, esser sempre a discrezione del capomastro, dei fabbri, dei muratori, dei falegnami; talvolta perdere gli affitti, tal'altra dover ricorrere alle più odiose violenze per riscuoterli; e di quando in quando, così per varietà, sentirsi trascinato pe' capelli in qualche furiosa lite di turbato possesso.

Letterati e poeti, siete pur giudiziosi a mantenervi sempre lontani da siffatte molestie; giacché, a mio debole avviso, basta la metà di tanti malanni perché il così detto padrone di casa debba anzi chiamarsi il suo umilissimo servitore; e gli uomini di genio non devono mai servire che alle proprie inspirazioni.

Chiameremo forse padroni gli inquilini? Oh poveri diavoli, che pagano orrende tasse semestrali pel diritto di non dormire in mezzo alle strade! che in forza di ferree investiture non possono né andare né restare a loro piacimento! che han bel gridare pel camino che manda fumo, per le finestre che mandano aria, per le soffitte che mandano acqua, pel pozzo che manda fango, pel pavimento che manda polvere, pei muri che mandano cimici; e mai non ottengono provvedimento.

Riconoscete una volta questa grande verità, che l'unico e vero padrone della casa è il gatto: anche per la ragione che egli è il solo a goderla e abitarla tutta quanta, dallo studio alla dispensa, dalla cantina al tetto, dalla rimessa al fienile, dall'oscuro sottoscala all'aperto giardino, dove s'arrampica sugli alberi, gira sulle viti, passeggia pei muriccioli. Egli va in tutti i luoghi inaccessibili all'uomo: sulla piccionaia, sulla gronda del tetto, in cima alla torretta del fumaiolo, sul mezzo mattone d'un muro addentellato, se pur v'è tanto spazio da starvi quattro zampe raccolte; e quando lo vedete spingersi, addattarsi, rannicchiarsi in qualche sito incomodo, difficile, pericoloso, e vi nasce desiderio di sapere perché egli vada a ficcarsi proprio colà, fate conto che egli ci vada per la sola ragione che è padrone di andarvi, e che dal più al meno vuol godere la sua casa tutta quanta.

Ma che dissi io mai di siti pericolosi? i pericoli in siffatto ordine di cose sono tutti per noi, cattivi calcolatori delle difficoltà, resi pusillanimi e ridotti al capogiro dall'immaginazione, talché ci parrebbe di fare una gran prova passeggiando duri duri e spaventati sopra un sentiero largo un metro e fiancheggiato da precipizi. Ma il gatto che agisce a mente calma, e a cui la squisitezza dei sensi dona il giusto criterio dell'equilibrio, non sente né questi pericoli, né queste paure.

Se una cosa non si può fare, egli non la tenta nemmeno; se appena è possibile, la farà e con sicurezza, per la mirabile precisione de' suoi movimenti. Osservatelo. Egli vuol eseguire un ardito salto da un tetto a un altro più elevato. Scelto il posto migliore, sta lì fermo un istante misurando d'un guardo l'altezza da guadagnare. Manca la materialità della lavagna e del gesso, ma è un vero calcolo matematico, una equazione tra le proprie forze muscolari e l'altezza del salto. Sciolto favorevolmente il problema, si rannicchia per darsi slancio, e spicca il salto con un dispendio di forze così saggio ed economico da non riescire un punto al di sotto o al di là della mèta prefissa.

Oh no, non tremate mai per il gatto, poiché egli sa sempre quello che si fa, o sia che si aggiri tra i labirinti d'un gran mucchio di legna o di vecchie masserizie accatastate in soffitta; o sia che passeggi filosoficamente sulle macerie e i rottami d'un edifizio smantellato, come già Caino Mario in Cartagine. Insomma, non vi è piano ineguale, rotto, fallace che lo riduca a periglio, perché egli, gran maestro di cautele e di prudenza, va con piè leggiero e sospeso; e se quella zampa esploratrice non sente sotto la dovuta resistenza, ei la ritira prima di affidarle il peso della persona. Così noi uomini imparassimo da lui a non far passi falsi nel cammino della vita: quanti errori e pentimenti di meno!

Bisogna però confessare non essere rarissimo il caso che il gatto faccia capitombolo dal tetto. Ciò avviene, o perché abbandonandosi all'ira con qualche rivale, nel furore della mischia dimentica purtroppo la natural sua prudenza; o più spesso in occasione di nevicata, essendoché il biancheggiare uniforme dei sottoposti piani lo illude, impedendogli di veder la fine del tetto. Ma che importa il cascare da tanta altezza, quando lo fa impunemente? Per lui un sì tremendo salto non è altro che il recarsi nel cortile o in contrada senza l'incomodo di percorrere le scale. Natura lo ha fatto per queste contingenze, dandogli leggerezza, elasticità, arte di cader tutto raccolto sulle zampe, e col muso in aria: e, salvato il muso, come sanno anche i ragazzi, tutto il resto è salvo. Infatti, vedetelo. Appena tocca terra passa due minuti secondi di immobilità e attonitaggine, quasi interrogandosi come diamine egli abbia commesso quella minchioneria: quindi dà intorno un'occhiata sospettosa, e poi via colla rapidità del fulmine! Quell'occhiata significa che il maggior male della caduta sta nell'essersi lasciato cogliere in errore: e quella rapida fuga è per tranquillare gli animi e assicurarli che egli sta proprio benissimo di mente e di corpo.

Se un uomo nel discendere una comoda scala dimentica un solo gradino, l'ultimo appena, e mette male un piede, ne può venire una slogatura di coscia, da mandarlo storpio per sempre dopo sei mesi di letto e di spasimi in man de' chirurghi; se cade dall'altezza di pochi palmi, può succedere una commozione di cervello da morire a dispetto di tutti gli Esculapi e di tutti i tesori della Terra. E un gatto che precipita dalla sommità d'una casa a cinque piani, è molto se crede opportuno di ritirarsi un istante a ripulirsi, a lisciarsi il pelo, a ricomporsi da quel piccolo scompiglio della persona. Ora, dico io: ammesso che madre natura ne' suoi fenomeni è sempre saggia e rivelatrice d'importanti verità a chi sappia interrogarla, non vi sentireste, miei cari, indotti a sospettare che la vita di molta gente valga un poco meno di quella di un gatto? Volendo però schivare i confronti sempre odiosi, concludiamo che la vita del gatto deve essere preziosa più di quanto appare a primo aspetto.

Ma insomma, dirà taluno, come passa egli la sua vita? Rispondo con una sola parola: da gran signore. Accudisce premurosamente alle più importanti occupazioni: mangiare, digerire, dormire; attende parecchie ore del giorno alla grand'opera della toilette, lavandosi, pettinandosi, lustrandosi il pelo, facendosi tutto mondo e bello col ministero della propria lingua e delle proprie zampe. Oggi si dedica a una partita di caccia e dimentica ogni altra cura; domani gli verrà il ticchio della galanteria, e per qualche settimana sarà il don Giovanni Tenorio di tutte le soffitte e di tutte le cantine della contrada. D'ordinario poi, quando non sappia che far di meglio, egli concede a se stesso le delizie soavi e lunghissime d'un ozio tutto filosofico e contemplativo.

L'ozio (perdonatemi una breve disgressione che però si collega strettamente colle abitudini del gatto e colle simpatie dell'uomo), l'ozio non è già il padre dei vizi, come asserisce l'ignorante volgo, ma è figlio di tutte le virtù, premio delle fatiche onorate e perfino delle inique, caro compagno dell'opulenza, sospiro e sogno continuo della miseria, speranza e mèta di tutti coloro che spargono, lavorando, il sudor della fronte. Ci fu concesso come dono dal cielo, e lo disse un poeta ozioso quando cantava colle mani sul ventre Deus nobis haec otia fecit. E appunto perché io mi sento indegno di celebrar le sue lodi, voglio che dall'autorità di un altro gran poeta sia avvalorato il mio assunto. Il Tasso, in un suo poemetto pastorale, fra le tante virtù di una celebratissima ninfa annovera anche l'ozio:

Ama Corinna l'ozio, e l'ozio è in cielo:

Ma la fatica s'ange in sulle porte

Del tenebroso inferno, ove dolente

Sta fra la schiera d'infiniti mali.

Si può dire di più o di meglio? Non vi pare che in questi pochi versi si racchiuda un intero sistema di morale? Non sarebbero un bellissimo testo da porre in capo a un trattato d'industria o di scienze economiche? Che se qualche pusillo si adombrasse, e pigliasse scandalo per questo mio liquefarmi di tenerezza al pensiero dell'ozio, dirò che non intendo già lodar l'ozio turpe, oibò! ma solamente l'ozio filosofico e saggio. Il primo consisterebbe nel non far nulla: il secondo (distinguete bene) nel non aver nulla da fare. L'ozio turpe sarebbe detestabile se potesse darsi in natura, ma è inconcepibile come il nulla, e fortunatamente non esiste. Vengo alle prove. Fingete l'uomo il più neghittoso e disoccupato che dar si possa, sdraiato sopra un letto, senza moto, senza pensiero, e che nemmeno dorma, poiché ciò sarebbe già un far qualche cosa di proposito. Ebbene, se voi lo credete ozioso nella significazione volgare e abbietta della parola, v'ingannate a gran partito. Per non dir altro, egli compie in sé medesimo con un'alacrità ed esattezza prodigiosa, senza riposar mai un minuto secondo, la grande opera della circolazione del sangue, la cui sola scoperta valse a un secolo la celebrità. Quel fenomeno stupendo, pel quale il prezioso liquido (da lui perfezionato e reso atto a tanti ministeri coll'altra fatica de' suoi denti) scorre pei fiumi delle arterie, si suddivide in mille ruscelli, e a mano a mano si ripartisce in milioni di canaletti capillari a portare per entro a tutte le fibrille della macchina la morbidezza, il tepore, la nutrizione, la forza; riportandone poi, pel sistema inverso dell'albero venoso, tutte le molecole decomposte e non più servibili alla vita.

Ma perché il sangue si ripurifichi di questi rifiuti, si spogli del carbonio, riprenda l'ossigeno e con questo il colore e il calore nel gran laboratorio dei polmoni, egli (il così detto ozioso) attende contemporaneamente all'altra opera sublime e incessante della respirazione. Ma lavoro mena lavoro. Il sangue governato con tanta alacrità e costanza vuol essere ministro e alimentatore delle più vitali e preziose secrezioni: quindi il nostro uomo, sotto a quelle apparenze di neghittosità, compone a se stesso i sughi gastrici per la digestione, la bile per gli sdegni generosi, la saliva per il sigaro, le lacrime per il tenero sentimentalismo. E tutte queste cose egli le fa tanto bene come Alessandro che domò l'Asia, come Scipione che soggiogò l'Africa, come Colombo che scoprì l'America, come Buonaparte che conquistò l'Europa.

Che se poi egli complica le proprie fatiche associandole al pensiero e alla loquela, si apre un nuovo e più meraviglioso campo di attivissime operazioni. Supponiamo che egli dica solo: «oh quanto mi annoio!» queste poche parole implicano una rapidissima rivista del passato, un intimo esame del presente, un savio divinar nel futuro. Gli oggetti che lo circondano impressionano i sensi esterni; questi, pel conduttore dei nervi, ne trasmettono le vibrazioni al centro del sensoro: l'anima allora ne riceve (per modo d'esprimere) l'urto; se ne accorge; reagisce colla propria volontà; cava dagli avvertimenti che le dà la materia i rapporti morali in virtù di atti complicatissimi di reminiscenza, di confronti, di giudizi; si determina a parlare; stabilisce il concetto da esprimersi; cerca e trova le parole che lo significano; colloca in fila una a una le lettere che compongono le parole, e pel telegrafo dei nervi comanda alla lingua, alla laringe, alle vôlte palatine, alle labbra che d'accordo mettano in azione le loro leve, ed eseguiscano i tanti e svariatissimi movimenti, onde risulta il meccanismo della loquela. Tutti questi atti che io così meschinamente e confusamente ho tentato di rappresentare, il più stupido e inerte degli uomini li fa con un ordine, con una precisione, con una celerità alla quale vien meno il pensiero.

Ora comprenderete quanta saviezza si chiuda nella sentenza d'un antico filosofo, che soleva esclamare: «io non sono mai tanto occupato come quando sto in ozio». Con ciò voleva dire che le operazioni che si fanno per legge di natura sono così mirabili e grandi, che per poco o nulla devono valutarsi le addizionali dell'arte umana, appunto come riescono inezie puerili il laghetto e la montagnola del giardino in confronto dell'Oceano e delle Cordigliere. E con qual fronte potranno gli uomini insuperbire dei poveri frutti del loro ingegno, se le migliori cose che fanno le fanno in comune con tutto il mal seme di Adamo?

Rifiutata dunque come assurda l'idea dell'ozio assoluto, non resta che l'ozio filosofico, caro privilegio degli esseri che hanno in questo mondo la missione di godere la vita; e in cima a costoro sta il gatto. Nella bella stagione egli è capace di passar tutto il giorno sui tetti, a goder l'aria pura e il sole, o andando a zonzo senza scopo né direzione, o accomodandosi per ore ed ore nella concavità d'un tegolo, in quello stato medio tra il sonno e la veglia che è il riposo completo dell'anima e del corpo, ma con quel tanto di coscienza che gli basta per avvertire il proprio benessere; e quella semiestasi ha le sue dolcissime oscillazioni, dal possesso della piena intelligenza fino al totale oblìo di tutto in braccio a Morfeo. Dal socchiudere, dal chiudere, dallo schiudere, dal richiudere degli occhi si rilevano i passaggi per questi diversi gradi dalla sonnolenza al sonno, dal sonno alla sonnolenza; passaggi determinati dalla maggiore o minore efficacia delle più lievi sensazioni esterne, da una carezza di zeffiretto, dal ronzio d'una mosca, dal batter delle ore al lontano orologio d'un campanile. Così accade alle anime tiepide e ai corpi stracchi nel trovarsi comodamente seduti alla predica, ché al suono continuo di quella monotona voce si stende un velo sulle pupille: il quale si dirada a qualche violento punto d'esclamazione o al tintinnio della borsa chiedente l'elemosina; si fa più fitto all'incalzare delle argomentazioni, e scompare di botto al fermarsi della stessa voce che si era fatta compagna necessaria alla dolcezza di quel placido sopore.

Riavutosi il gatto da quell'inerzia soave, sente il bisogno di cambiare giacitura, di sgranchire le membra, di riprendere nuova lena riposando, per così dire, da quel riposo. Perciò si voltola sopra se stesso, s'aggomitola, sgambetta, si stira tutto quanto, fa un arco della schiena, e si disegna in molti elegantissimi atteggiamenti che basterebbero alla gloria di un pittore il quale sapesse coglierli con evidenza: il tutto interpolato di lunghi, pieni e saporiti sbadigli. Il qual ultimo fenomeno costituisce per sé solo un gran titolo di lode, essendo che lo sbadiglio è privilegio degli animali di fino intelletto, e massime dell'uomo, e soprattutto dell'uomo altamente civilizzato. Lo sbadiglio presiede quasi nume tutelare alle conversazioni eleganti, alle accademie vocali e stromentali, alle dotte lucubrazioni dei corpi scientifici; e ciò torna a vanto di siffatte unioni rispettabili, perché lo sbadiglio è una specie di scaricatore o valvola di sicurezza che difende l'individuo alla troppa piena dei piaceri e della sapienza. Ah sì! i gaudenti, i dotti e i gatti sbadigliano assai, col divario che quest'ultimi, seguendo gli inviti di madre natura, spalancano le mascelle e dilatano i mantici polmonari il più che possono, e pel tempo che occorre al lauto soddisfacimento di questo bisogno fisicomorale; mentre che i bipedi, sempre schiavi dei pregiudizi e delle convenienze, il più delle volte fanno abortire lo sbadiglio con vera molestia e oppressione precordiale.

Oh la vita tranquilla e beata che mena il sovrano abitatore del tetto! di quel tetto che è sempre il coperchio d'una gran pentola di mali, giacché ogni fabbricato ove abita l'uomo, dal tugurio fino al palazzo, è un vaso di Pandora tutto pieno di dolori e querimonie. Oh le crudeli privazioni dell'indigenza, oh i funesti effetti della ricchezza abusata! Qui ragazze desolate di non trovar marito; là uomini, disperati per aver preso moglie. Qui giovani già sazi di tutto e diffidenti dell'avvenire; là vecchi senza rassegnazione e avidissimi d'una vita che li abbandona. In questa casa i frutti di una cieca e balda ignoranza; in quell'altra il desolante e arido scetticismo di una superba filosofia. Una famiglia è travagliata dalle discordie fraterne; una seconda dalle crisi commerciali; una terza dalle malattie e dalla morte. Da per tutto poi le passioni in burrasca; e oh che affannose giornate, che notti insonni fra le torture dell'amore tradito, dell'odio impotente, dell'orgoglio oppresso, dell'ambizione delusa, dell'avarizia insaziata!

Ma basta per pietà. Il gatto è là in alto, al di sopra di tutte queste miserie, e le tiene sotto a' suoi piedi, e forse dedica loro le sue filosofiche meditazioni. Questa è una semplice congettura, non avendo mai il gatto reso conto de' suoi pensieri; ma è probabile assai che nella mancanza di affari propri egli passi in rivista le sciocchezze e i mali di cui è tuttodì testimonio tra le domestiche pareti. Che egli pensi, e molto e seriamente, è indubitato. A vederlo seduto sulle zampe di dietro, ritto sulle anteriori, testa rivolta un po' da una parte, orecchie verticali colla concavità in avanti, cera preoccupata, occhio diretto a mezz'aria, sembra la personificazione del pensiero, e intendo del pensiero sublime, istantaneo, nuovo, ciò che costituisce l'inspirazione.

I pittori, quando fanno alcun ritratto di poeta, di filosofo o di letterato, si sforzano di dargli grande significazione di genio per mezzo del mantello in disordine, della cravatta storta, de' capelli rabbuffati, del fiero cipiglio, e soprattutto di due occhi spiritati che paiono voler trivellare il cielo. E talvolta è ridicola l'antitesi fra tante pretensioni e la bonarietà casalinga di lineamenti molto prosaici; poiché non è raro che siffatti uomini grandi abbiano facce egregiamente triviali, che rivelano la vocazione tradita di cocchiere o di sensale di formaggi. Se in questi casi l'artista pigliasse a tipo il gatto sopra pensiero e, coltone il bello ideale, lo traducesse da bestia a uomo, è a credersi che riuscirebbe assai più naturale ed efficace.

Or dimmi, o micio, qual genio si cela sotto quella tua fronte inspirata? Devo io riverire in te il filosofo o il poeta? Poeta no, perché sei troppo positivo, saggio e felice. Dunque, filosofo: ma non da ciance come i più di costoro che, a forza di ipotesi e di sistemi e di astrusissime metafisicherie, non si capisce mai a che vogliano riuscire e come giovar possano al mondo. Tu sei il filosofo della vita reale: tu stai tramezzo al sommo teorista Machiavelli e al sommo pratico Talleyrand, e, salvo il ridurre le loro massime dalla vita pubblica alla privata, li rassomigli entrambi. Anzi sono essi che rassomigliano a te, perfino nella fisonomia; ché chi ben esamini i loro ritratti, troverà in que' lineamenti e in quelle guardature alcun che di squisitamente gattesco: e deve esser così, per quanto è vero che il volto è lo specchio dell'anima.

Il diplomatico francese, cui tanto crebbe la fama di sapiente dall'aver passato la vita tra il tacere e il proferir monosillabi, non vi rende a pennello la prudenza, la dissimulazione, l'abituale taciturnità del gatto? La sua carriera fu una perpetua e felice imitazione di questa bestia, la quale stando in casa propria s'accomoda facilmente con tutti gli inquilini che subentrano, e si fa accarezzare e dar la pietanza da gente d'ogni indole e d'ogni parere.

Nessuno poi è più machiavellico del gatto, che per scienza innata praticò le stesse massime del Secretario fiorentino tanti secoli prima di lui. Pigliamo a caso un solo esempio tra mille. Insegna quel gran maestro di politica che «i nemici bisogna vezzeggiarli o spegnerli». Ebbene, il gatto ha inimicizia grande col topo e col cane: spegne inesorabilmente il primo, che è più debole di lui; ma col secondo, perché è più forte, se lo mettete nella necessità di convivere, lo tollera prudentemente, e finisce a mangiar nello stesso piatto e a dormirgli sul dorso. E il procedere del vero talento che fa di necessità virtù, ma virtù completa, la quale non lascia rancori secreti, e lo rende sincero amico di un naturale nemico. Non come noi uomini, che se ci troviamo in necessità di blandire alcun nemico importante, d'ordinario lo facciamo così goffamente, e con tali indizi di sforzo, da lasciare intatto l'odio e farvi germogliar vicino il disprezzo.

Quando poi il gatto viene assalito dal cane, spiega una così fina tattica da disgradar l'Arte della guerra di Machiavelli; tanto più che quel trattato divenne vieto e inservibile per le mutate condizioni dell'armi, mentre il gatto guerreggiò fin dal principio dei secoli in sì perfetta maniera che non ammise più miglioramenti. Se non è più in tempo a fuggire, prende una posizione vantaggiosa vicino al nemico, spiega tutto l'apparato delle sue forze reali e fittizie, inarcandosi, mettendo fuori le unghie, mostrando i denti. Tenta di comparire molto più grosso e terribile che non è, e fa crescer di volume perfino la coda, sollevando tutto il pelo; e spalanca gli occhi e mena schiaffi in aria e sbuffa e soffia che è una maraviglia. Il cane, che con un salto e due colpi di mascelle può metterlo in brani, si lascia imporre da questi apparati di difesa e quasi ammaliare da sì furibondi sforzi dell'impotenza: e in cambio di agire, si sfiata, come tutte le persone di buon cuore, in vani abbaiamenti: finché l'altro, colta con accorgimento squisito un'istantanea divagazione, fugge precipitoso, guadagna un uscio, una finestra, un buco di cantina, e lascia lì l'avversario con una spanna di muso.

Insomma, se il finale e supremo concetto della pratica filosofia può ridursi alla scienza di viver bene, nessuno, né uomo né bestia, è più filosofo del gatto. E duolmi pensando che il medesimo non ami i vani titoli e i diplomi accademici: perché in compenso del non esser egli stato mai come i due accennati, filosofo dei prìncipi, vorrei farlo proclamare principe dei filosofi.

Il gatto cacciatore

Fra i divertimenti che il gatto si procura a sollievo di sue mentali fatiche, primeggia la caccia: il migliore de' passatempi campestri, ch'egli sa godere deliziosamente anche nel cuore delle città, senza licenza e senza tasse, senza reti e senza zimbelli, senza armi artificiali e senza riserve di stagioni. Egli dunque, sempre pronto per genio e sempre armato per natura, si dedica, secondo che occorre, alla caccia delle lucertole, dei rospi, delle talpe, dei piccoli conigli, degli uccelletti da nido, anche degli uccelli adulti che sorprende balzando fuori dai nascondigli, o astutissimamente insidia nelle gabbie. Ma la sua caccia prediletta, per la quale pare che tenga una vera missione dalla provvidenza, è quella del topo, a cui per odio ereditario ha giurato guerra implacabile, persecuzione a morte, sterminio. Dall'inesauribile pazienza, dalla perseveranza prodigiosa con che attende al varco la sua vittima può argomentarsi quanta sia in lui la feroce gioia dell'acchiapparla. Egli è capace di star là un giorno intero, una lunghissima notte, dimenticando fame, sonno, freddo, stanchezza, a far la sentinella a un bugigattolo, dal quale ha sentore che un momento o l'altro debba uscire la sua lepre: egli sta là fisso, immobile, nell'atteggiamento che precede al salto, collo sguardo cupo, vitreo, magnetico, che sembra evocare la preda colla attrazione del desiderio.

Anche di notte, dissi: poiché il gatto, vero beniamino della natura, vede nella oscurità, per essere dotato di una pupilla mobilissima e maravigliosamente dilatabile, che sotto al baglior del sole si riduce a una fessura lineare, quasi microscopica, e nelle tenebre si dilata come luna piena, raccoglie in un foco tutti i raggi più deboli e impercettibili all'uomo, e li riflette dal fondo dell'occhio, mandando quella luce sinistra che a primo colpo agghiaccia il cuore di ribrezzo. Credo sia per questa sua proprietà fisica che il gatto subì per molti secoli la taccia di collegato colle potenze infernali, e lo si fece intervenire in tanti racconti e processi terribili di magia, di negromanzia e stregoneria. Ma col progredire dell'umana ragione egli fu purgato da siffatte calunnie, e quel curioso fenomeno cadde sotto alle indagini tranquille della scienza . Ma guai a essere un topo e incontrarsi in quelle folgori, e sentirsi prima morto di spavento che preso, prima mangiato che morto!

Sì; il gatto mangia il topo, come... come l'uomo mangia il gatto; e questa grossolana similitudine vi salva, miei cari, da una filosofica meditazione sulla infinita catena degli animali, che tutti alla lor volta sono vittime del più forte o del più astuto, dall'insetto microscopico fino all'uomo. Però non voglio dispensarmi da una osservazione. Anime violenti, che vi pascete di odio e di vendetta, se nessuna legge né divina né umana può indurvi a sentimenti di mitezza verso coloro che aborrite, questa idea almeno vi confonda, che nello sfogo dei vostri brutali istinti siete in condizione ben peggiore dei bruti.

Se un feroce proposito vi spinge a vie di sangue sul vostro nemico, potrete forse sfuggire al vindice ferro della giustizia; ma non fuggirete no alle punture crudeli d'un eterno rimorso: quando che il gatto mangia vivo il suo nemico, e poi si addormenta tranquillo a digerirlo. (È il bello ideale dell'atrocità!). In lui e prima e dopo tutto è voluttà: in voi, dopo un momento di sinistra compiacenza, tutto è dolore. Né si creda, che il gatto sia spinto dalla fame, oibò! egli, l'amico del cuoco e della fantesca, il perpetuo commensale di casa! Tant'è vero, che quando assale uno dei grossi sorci da palude, gli mette le budella al sole, e sdegnosamente lo abbandona ai calci del passeggiero. Nel qual caso, la sua caccia perde il carattere di passatempo per assumere dignità di grave e pericolosa guerra.

Molte volte il gatto si piglia trastullo a lungo del topo, e vuole (come diceva l'imperatore Vitellio delle sue vittime) che senta di morire. Perciò, dopo la prima scrollatina, lo lascia correre alquanto, dandogli con raffinata crudeltà una momentanea speranza di scampo: e poi l'addenta, e poi gli lascia fare un'altra corserella, sempre collocandosi strategicamente tra lui e il buco di ritirata. Spesse volte il topo è già morto, che egli lo scuote colla zampa e lo incoraggia a fare ancora un po' di moto. Allora se lo piglia fra' denti, e lo porta in famiglia, ed è capace di saltarvi sul letto o sulla tavola, per mostrarvi la sua preda e riceverne le congratulazioni. Insomma, rassomiglia nella vanità a quasi tutti i cacciatori che inchiodano il falco sulla porta della casa, che mostrano a tutti il loro carniere, e hanno un aneddoto particolare per ogni uccello che vi è dentro; che raccontano mille e una volta quelle tali loro famosissime imprese.

Il gatto ladro

Ora io voglio accostarmi a una questione scabrosa, e lo devo per amore d'imparzialità, se anche avesse a soffrirne la gloria del mio eroe. Il gatto ha fama di ladro, e in grado tale che antonomasticamente i ladri si chiamano gatti. È un gran dire; ma appunto non è che un dire: e più una cosa è comunemente creduta, più il savio deve insospettirsi che non sia un pregiudizio degli sciocchi.

Posto dunque nettamente il tema, se il gatto sia o non sia ladro, risponderò con un dilemma. O trattasi di gatto povero che, per rarissima eccezione alla regola, non abbia il suo piatto in famiglia, e debba cavarsi la fame coll'industria: e allora non è già rubare, ma esercitare il diritto, anzi il dovere della propria conservazione; giacché, sia lode al vero, egli si attiene scrupolosamente in questi limiti, non appropriandosi che i puri e materiali alimenti. O si tratta di un ghiottone ben pasciuto: e allora non è più un vile mestiere, perché non imposto dal vile bisogno: allora è un'arte di mero diletto, è una specie di vocazione che trae le sue radici dalle filosofiche combinazioni delle forme cerebrali.

E si userà l'indegna parola di ladro? Si pratica forse così tra gli uomini? Io sento chiamarsi ladro chi letteralmente vi spoglia della borsa, o vi s'introduce in casa a forzarvi lo scrigno: ma chi fa diventar sua la roba altrui da dilettante, e in più gentil maniera, odo chiamarlo col nome di ceti onoratissimi (e qui perciò alludo alle rare eccezioni), odo chiamarlo amministratore, patrocinatore, negoziante, economo, tutore, fattore, ecc.; e si soggiunge colla più tenera compiacenza: questi se n'intende di affari! quegli sa ben menare la sua barca! come è pratico e svelto il signor tale! il signor tal altro la sa pur lunga! – È un'ammirazione e un'invidia generale.

Nei casi di usurpazioni più violente, grandiose e rumorose, il mondo spende perfino le magnifiche parole di conquistatore, di eroe. Ladro! oh il vocabolo tutto plebeo, e fatto solo per la canaglia! Anche la moderna scienza sente il bisogno di nobilitare certi concetti, poiché la frenologia, questa nuova scrutatrice dei cuori e dei reni, non dirà mai che un tale è ladro, ma che ha mirabilmente sviluppato l'organo dell'acquisività. Questo è linguaggio decente, tecnico e dotto! Capperi, pretendereste forse che il gatto abbia sviluppati gli organi della beneficenza o della poesia o della tavolozza o della metafisica?

Ma se volessi per un istante ammettere che il gatto fosse ladro, dico che l'onor suo sarebbe salvo, e la coscienza tranquilla; perché non trovo alcun codice che gliene faccia divieto. Il precetto di non rubare è fatto solo per gli uomini che, nati tutti primitivamente con un formidabile sviluppo dell'acquisività, dovettero, per non distruggersi a vicenda come fiere, costituirsi il patto sociale, stabilir diritti e dettar leggi con gravissime sanzioni ai violatori. Ma il gatto non fu chiamato a parte di questa alleanza, di questo primo convitto della civiltà nascente. E qual dovere avrà egli dunque verso l'uomo, se l'uomo non gli assicurò nessun diritto? Chi lo fa cauto neppure della vita, se non la sua grande prudenza nel saperla difendere da tante insidie?

Ora, vedete quale ingiustizia. Sarà lecito a qualunque mascalzone del volgo, e specialmente al volgo degli osti, d'ammazzare un gatto, e travisatolo sotto al pseudonimo di lepre, imbandirne le mense: e il gatto non potrà, se gli capita il destro, regalarsi un'ala di pollo o due polpettine mal custodite? Ammirate piuttosto in sì nobile animale il frutto felice della convivenza coll'uomo: ché mentre natura lo creò per la violenza e la rapina, egli ingentilitosi nel costume, si ridusse quasi esclusivamente al furto clandestino; in quel modo stesso che, per abitudine di squisita gastronomia, si è fatto pressoché enciclopedico nel gusto, ad onta d'un'organizzazione che annunzia in lui il carnivoro pretto. D'altronde, io suppongo che egli, tradizionalmente fedele alle massime antiche, la pensi ancora circa al furto secondo le leggi di Licurgo. Se mai si lascia cogliere goffamente sul fatto, subisce quella pena che vi riuscirà di infliggergli, bacchettate, calci o consimili villanie; ma pel furto ben calcolato e ingegnosamente eseguito, completa impunità e indulgenza plenaria.

Del resto, il gatto, appunto perché bestia di grande ingegno, rassomiglia in queste cose ai figli di Adamo. È precisamente il frutto vietato che gli risveglia l'appetito. Talvolta gli offrite qualche buon boccone, e vi fa lo svogliato non si decide che dopo un lungo fiutare, e sembra che conceda un favore a degnarsene. Ma se bramate fargli rosicchiare una cattiva crosta di pane, nascondetela; e quel diligentissimo perlustratore della casa la mangerà di soppiatto nella persuasione di consumare una colpa. È la voluttà tutta immaginaria, e direi quasi teorica, che consiste nel fare le cose vietate. Quante male azioni risparmierebbe l'uomo, se in cambio d'esser proibite gli venissero comandate!

E qui duolmi che nell'arte di descrivere io sia così lontano da quell'eccellenza che il gatto raggiunge nell'arte di sodisfare all'acquisività. Egli ha per questa bisogna un'attitudine, un talento così speciale, che rivela l'assoluta vocazione. Figuratevi una cucina tutta in movimento pei preparativi del pranzo. Vi è cuoco, vi è guattero, vi è fantesca con altra gente che va e torna. Sulla tavola c'è del pesce; e il gatto, che n'è ghiottissimo, vi ha già fatto sopra i suoi conti, e ha deciso fermamente di darsi una grande scorpacciata di pesce crudo. Come si fa con tanti occhi intorno? attendere e dissimulare: e in quanto a longanimità e dissimulazione il gatto non ha chi lo vinca né tra gli uomini né tra i bruti. Egli gironza con un'aria di svogliatezza e indifferenza, come se non avesse un desiderio al mondo. Va sul focolare, si accovaccia presso la cenere, finge di sonnecchiare, e sbircia furtivamente la sua preda. Se lo avvicinate è tutto ingenuo, buono, carezzevole; fino a darvi di cozzo nelle gambe. Che guardi verso la tavola? Oibò, egli non sa nulla, non è capace di certi pensieri, e trovasi là solo per godere la vostra compagnia.

Finalmente arriva il minuto, l'istante esploratissimo in cui, tra assenti e distratti, si può tentare il colpo. È l'affare di un lampo: balzare sulla tavola, pesce in bocca, e via a furia per l'uscio del cortile rustico in una cantina, o dietro l'assito della legnaia, o sopra un muricciuolo a far tranquillamente il suo pasto. Allora accorgetevi pure del fatto, ch'egli non se ne inquieta. È in luogo di sicurezza, e non si degna neppure di celarsi agli sguardi. Gridate, minacciate, scagliategli delle bucce di cavoli o de' sassi; egli mangia e non si move nemmeno; vi tien d'occhio per prudenza, ma sa che può sfidarvi a colpirlo una volta sopra cento.

Quando poi la famiglia radunata al desinare farà le maraviglie e i cicalecci animati sul trascorso del micio, egli starà elaborando il suo chilo fra le dolcezze del sonno. Ora, io dico, una manovra così ben condotta non è degna di ammirazione non che d'impunità? Bisogna poi anche riflettere che la tentazione di fare un buon pasto a suo genio deve essere pel gatto d'una forza irresistibile, perché nessun animale assapora il cibo meglio di lui. Quasi tutti gli altri possono mangiare con qualche disattenzione; ma egli, per la speciale conformazione della cavità della bocca, quando mangia ha necessariamente l'anima tutta intesa, a quell'affare: essendoché nel moto alterno della masticazione, a ogni aprir di mascella il cibo cadrebbe fuori, se di volta in volta non lo trattenesse con quei colpi misurati della testa ch'egli agita dal basso all'alto. Questa studiosa cura, che non gli permette né di andare né di guardare intorno nell'atto di masticare, che anzi lo obbliga ad una sola positura concentrata, concentra anche tutte le sue facoltà nell'esclusiva sensazione del gusto.

Ma c'è di più. Sapete tutti che la sua lingua è alquanto ruvida e scabrosetta come una piccola spazzola: e questo, checchè ne pensino gli anatomici, dipende dall'esser la medesima tutta punteggiata o villata da papille nervee del sistema gustatorio, le quali (come le punte metalliche che spogliano le nubi dell'elettricità) assorbono dalle sostanze alimentari la più fina quintessenza dei sali, e così tramandano all'anima tutta la voluttà della vivanda nella sua più intensa e concentrata efficacia. Oh il felicissimo, oh il più invidiabile degli epicurei, che può dedicarsi a tutti i piaceri della gola senza rimorso, senza paura di rovinarsi la salute o di diventar troppo grasso!

Amori del gatto

Ma che strepito è questo? Udite. Siamo nel cuor della notte; tutta la contrada giace sepolta nel sonno; quand'ecco dal buio d'un fenile scendono a rompere villanamente la quiete generale

Diverse lingue, orribili favelle,

Parole di dolore, accenti d'ira,

Voci alte e fioche e suon di piè con elle:

e tutto ciò con un crescendo diabolico, dal gemito soffocato e viscerale del ventriloquio fino all'urlo furibondo della disperazione. È come quando fa temporale: che dal lontano e sordo brontolar del tuono si arriva allo strepito della gragnuola e allo scoppiar delle saette. Non vi è più nessuno che dorma: i vecchi maledicono tossendo; le donnicciole placano i morti con un requiem, e pensano a cavare i numeri del lotto; i ragazzi nascondon la testa sotto le coperte, e tremano del folletto. Che sarà dunque mai?

Non temete, miei cari, che non è nulla di serio: è il re dei tetti che fa un pochettino all'amore. E qui viene in acconcio di ripetere col più celebrato seicentista vivente: Le roi s'amuse. Ma come, dirà taluno, tanto fracasso per simili inezie? Il gatto, abitualmente tranquillo, discreto, prudente, taciturno, che evita ogni occasione di dar nell'occhio, diventerà per siffatte debolezze smanioso della pubblicità come un poetino imberbe che invoca l'oblio della tomba? La cosa è in questi precisi termini: e se alcuno bramasse conoscerne la causa, i naturalisti, che purtroppo piegano al materialismo (eh, dico bene?), sono capaci di rintracciarla nelle leggi di speciale struttura organica, nelle regioni dell'anatomia.

Ma io che ragiono sempre collo spirito, voglio trovare una spiegazione tutta morale di questo fenomeno, e propongo una fina ipotesi al vostro discernimento. Il gatto, sempre originale, che in tutte le sue passioni merita d'essere preso a modello dagli uomini, non potrebbe alla sua volta, in una passione sola, essersi fatto imitatore dell'uomo? Vorreste proprio negargli ogni facoltà di guastarsi ai nostri costumi? Quell'ingegno suo fino, versatile, squisitamente epicureo, perché non dovrà pungerlo di emulazione alla vista dei nostri amori avvalorati dagli elementi della intelligenza e del cuore? Ma appunto per non esser egli destinato all'imitazione, imita male, appigliandosi agli estremi viziosi, e prendendo a tipo gli uomini molto acerbi, e le donne molto mature; dal che nascono la clamorosità e lo scandalo degli amori suoi.

L'uomo acerbo, cioè il giovanetto, pone di solito nelle sue primizie galanti tanta foga, tanta sventatezza, tanta millanteria da atterrire la più intrepida spezzatrice delle pubbliche dicerie. Se una signora, per uso cortese, gli porge a baciar la mano, o gli indirizza una parola gentile per non lasciarlo muto e inosservato nel circolo, egli intravede un incendio di cuore, sogna sacrifizi e trionfi, e propala intorno cose grandi a chiunque le creda o non le creda.

La donna matura poi che, felicemente superata l'età climaterica, teme di non esser più creduta tanto adorabile come venti anni addietro, sente il dovere di dare a se stessa e al mondo una solenne mentita di sì odioso errore. Perciò, se le riesce d'impigliare nell'amorosa pania qualche ingenuo zittello, lasciate fare a lei a comprometterlo ben bene, a presentarlo agli amici, e specialmente alle amiche, a farsi accompagnare da lui al teatro, alle conversazioni, al più frequentato passeggio, in carrozza, insieme al cagnolino, simbolo eloquente della più immacolata fede. Insomma, il più vivo e grande interesse di quel suo amore è che tutti sappiano e vedano e tocchino con mano che ha un amore, e dico un amore fresco, cieco, quindi pieno di abbandono e di adorabili imprudenze.

Di siffatti esempi riboccano le città più colte e avanzate in ogni via di progresso: degna antitesi a que' barbari tempi, quando i brutali mariti per lieve sospetto di secretissimo fallo mettevano le dame al tremendo dilemma del veleno o del pugnale. Ma per qualche cosa ci ha pur da essere l'incivilimento, e questo consiste in gran parte nell'ingentilirsi dei costumi: cioè nel sostituirsi alle energiche passioni le fiacche passioncelle: non odi aperti, ma ben dissimulate antipatie; non vendette sanguinose, ma epigrammi e maldicenze; non ambizioni ardenti, ma risibili vanità. Ora, la vanità entra come elemento primitivo a determinare un numero infinito d'amori e d'amoretti; e fa predilere agli uomini il possesso della beltà da scena, e fa che le donne si contendano accanitamente i più famigerati lioncini da mansuefare. E siccome la vanità può definirsi «ambizione nelle cose piccole», ed è la sola ambizione delle piccole teste; così va sempre più estendendo il suo tirannico impero in quest'epoca arida di grandi avvenimenti, fra questo vivere tanto socievole, accomunato, ozioso, sitibondo del romanzo intimo e dei pettegolezzi scandalosi, con una smania così diffusa di dar nell'occhio e far dire di sé.

Ora, domando io, come mai gli uomini acerbi, le donne mature e i gatti potrebbero fissare l'attenzione e la maraviglia del mondo frivolo più efficacemente che cogli amori rumorosi? Ma questa è una mera ipotesi, almeno rapporto al gatto: anzi confesso che inoltrandomi nel paragone, dovetti convincermi della sua insussistenza: perché la gravità filosofica e l'assoluta indifferenza del gatto per tutto ciò che non è positivo e materiale interesse non mi lasciano supporre che il suo cuore sia accessibile alle velleità d'un mal collocato amor proprio.

Concludiamo dunque, che se egli mena tutto quel chiasso notturno, è perché gli pare e piace di far così. E ciò finisca di persuaderci, ch'egli ha tutto il mondo in non cale, che la solita sua quiete e taciturnità non muove da discretezza o riguardi per noi, ma da carattere: tant'è ciò vero, che occorrendogli in occasione de' suoi trasporti erotici di diventar molesto, fa il diavolo, spezza i vetri per evadere, graffia gli usci, miagola come un ossesso, vi obbliga di gennaio a saltar in camicia dal letto per lasciarlo andare; batte, si fa battere; e fa perdere il sonno a tutta la contrada.

Ma ogni incomodo ha i suoi compensi, ed è abbastanza curioso e piacevole il sentire un po' da vicino quel notturno parapiglia. Per me, vi confesso che mi diverto assai, e sto attentissimo, e mi lascio andare a tutti i voli dell'immaginazione. Talora mi sembra d'essere all'opera in musica, rappresentata da quel genere di esecutori che volgarmente si chiamano cani, ma che sarebbero qualificati meglio per gatti. Distinguo i gemiti supplichevoli di Desdemona, le selvagge grida di Otello, la voce rauca del Doge. Oh che pezzi sconcertati, che cori disarmonici, che laceranti stonature da disgradarne tutti i teatri di provincia!

Ma il più delle volte parmi di assistere a una piccola guerra di Troia, combattuta per una bellissima Elena da quattro zampe, la quale smarrita e palpitante s'aspetta a diventar preda del più gagliardo. Né questa è aberrazione fantastica di classica pedanteria. È proprio che intendo le loro parole. Udite. Sono due Troiani che sfidano e chiamano per nome i principali guerrieri nemici. L'uno con voce lenta, soffocata, tremante di sdegno, grida: Agamennòne! L'altro urla disperatamente: Menelào! Sono persuaso che i dotti filologi capirebbero con ugual facilità e sicurezza tutto il resto di quelle rabbiose parole.

È rimarchevole che il gatto non si abbandona mai ad amori indegni del proprio sangue. Oh, in questo è aristocratico all'ultimo grado, e rigidissimo della legittimità dei connubi, a differenza del cavallo, del cane, dell'uomo, e d'altri animali. Quel bestione di cavallo! a vederlo così grande e grosso e serio si crederebbe che dovesse avere un tantino di giudizio: ebbene, ha egli pure i suoi capriccetti, i suoi matrimoni della mano sinistra: e va a perdere la sua dignità personale niente meno che cogli asini, dando origine all'ostinatissima genìa dei muli. E quell'animalaccio di cane! a furia di amori plateali, bastardi, improvvisati in mezzo alle strade, è degenerato in tante varietà, una peggiore dell'altra, che non si potrebbe più argomentare qual fosse il suo tipo primitivo.

Ma il gatto fu sempre gatto, invariabile dal principio de' secoli, e lo sarà fino alla loro consumazione. Nell'incorrotta e antichissima nobiltà del suo sangue, egli vanta per primi cugini il leopardo, la pantera, il leone re delle foreste, e la terribile tigre reale: anzi non è egli stesso che un piccolo tigre ingentilito dalla convivenza e dimestichezza coll'uomo. Insomma, se volete sapere la sua geneaologia, egli costituisce precisamente un ramo cadetto della grande e illustre famiglia Felis, lieve alterazione eufonica dell'antico cognome Felix, saviamente impostole dai naturalisti per esprimere d'un tratto la tranquilla e beata esistenza destinata a questa nobile e temuta prosapia di buontemponi oziosi e sonnolenti.

Ma, a proposito di galanteria, bisognerà bene che io dedichi un istante allo speciale elogio della gatta. In quasi tutte le classi d'animali il vanto della bellezza è del maschio, o per vivace colorito di penne, o per ricchezza di pelo, o per pienezza di forme, o per corna più rigogliose, o per nobile fierezza di portamento, e via discorrendo. La femmina perde assai nel confronto. Ma la gatta, per rara eccezione, divide colla donna il vanto di una bellezza tutta speciale; talché, al par di quella, giustificherebbe il predicato di bel sesso, di sesso gentile. Sarebbe mai possibile che madre natura, avendo fornito il gatto di tanto ingegno, volesse anche invitarlo a' suoi fini coll'incantesimo delle più estetiche attrazioni, come usa appunto coll'uomo?

Questo è certo, che non vi ha nulla di più aggraziato e leggiadro della gatta. Il suo mantello ha la morbidezza dell'ermellino, la testa è un velluto, le estremità flessibilissime e minute corrispondono a quelle famose manine e a quei piedini famosissimi che s'incontrano in ogni pagina dei teneri romanzetti. Che dirò poi del sembiante? È bello anche il gatto; ma in quella placida e grave serenità ha un non so che di misto tra il goffo e il bravaccio. Mentre il volto della gatta esprime la più fina intelligenza, la sensibilità più squisita. Le minime impressioni degli odori, della luce, dei suoni modificano quella fisonomia mobilissima, e vi determinano cento svariate contrazioni. Ama le carezze, ma si offende e scivola sotto una mano ruvida e pesante. Va intorno, che nessuno la sente: discreta, cauta, leggiera, passeggia fra i monili, le scatoline e le porcellane, senza nulla smuovere, senza nulla toccare. Sembra nata per abitare i più eleganti gabinetti moderni, gremiti di alberelli e ninnoli e balocchi, che una volta divertivano i piccoli fanciulli e ora divertono i fanciulli grandi. Insomma, ha il fare e i vezzi d'una damina, ma di quelle di primo ordine, ultrasentimentali, che non mangiano mai, che non escono mai di casa a piedi, che studian l'inglese.

La sua bellezza è varia come nella donna, e ve n'ha per tutti i gusti: v'è la magrina e la paffutella, la candida e la bruna, la bionda e la screziata di molti colori, con macchie così seducenti e capricciose che paiono civetterie dell'arte più raffinata, e sono favori di privilegiata natura. E con quali aiuti fa risaltare tanti vezzi? Qui, qui sta il mirabile: senza nastri e senza cuffie, senza pizzi e senza oro, senza specchio e senza cosmetici; con un po' di saliva e colla lingua.

Sublime lezione di semplicità e di economia! Meditatela, o mariti, che avete sempre la borsa a secco per le liste incessanti del profumiere, della mercantessa, della sarta, della modista, del gioielliere. La gatta si fa tutta bella col mezzo della lingua; e molte belle donne colla lingua riescono a parer brutte.

Anch'io fui possessore d'una gatta nei giorni felici della mia gioventù: oh rimembranza! un tipo di bellezza e d'ingegno. Aveva una grazia, una distinzione di modi, un decoro da regina; a dir tutto, era la Cleopatra delle gatte, anzi la Semiramide, perché appunto libito fe' licito in sua legge, come l'antica Donna di Babilonia.

Né poteva essere altrimenti, se pel grande affetto che tutta la casa le portava, ogni sua volontà era soddisfatta, ogni capriccio ammirato, non che impunito. Qui però non intendo di tessere la sua necrologia; quantunque sarebbe più interessante di molte che la stampa periodica ci regala a proposito di persone così sconosciute, che hanno urgente bisogno di morire perché dalla gazzetta si sappia che avevano vissuto. Voglio solo intrattenermi della luttuosa catastrofe... ma non precipitiamo gli avvenimenti.

Eravamo agli ultimi del mese di settembre, e si doveva far San Michele. Già si era più volte discusso in famiglia del come trasportare la gatta senza pericolo di perderla in quel grave trambusto. Dopo la ventilazione di vari progetti, fu stabilito che la mattina del 29 si avrebbe collocata la gatta in un canestro: portatala in casa di un amico, e quivi chiusa per tutto il giorno in una stanza, la sera si sarebbe andata a prenderla e metterla in possesso della nuova abitazione. Arrivò finalmente il San Michele, quel giorno formidabile per tutte le persone che pagano un affitto nuovo, e vedono compirsi il guasto delle mobiglie vecchie. Sorta appena l'aurora, l'appartamento fu invaso dai facchini che vi cominciarono quella loro opera di devastazione. La gatta, atterrita da siffatto parapiglia, scomparve. Mi levo da letto, corro le stanze, la chiamo, la fo cercare per le scale, nel cortile, in cantina, nella soffitta, per tutti i buchi della casa, e sento che si è rifugiata sul fienile. Allora mi munisco d'una fetta di salame, mi fo seguire dalla domestica col canestro, e giunto all'uscio del fienile, dico: «tu sta qui zitta e pronta come la serva di Giuditta, quando aspettava di mettere nel sacco la testa di Oloferne»; e m'inoltro. Vedo la gatta sul margine dell'abbaino, con una cera piena di preoccupazione e di sospetto, che dimena la coda.

E qui notate di grazia una delle tante differenze fisiologiche che passano tra cane e gatto. Il cane dimena la coda in segno di amicizia e d'allegrezza, il gatto in segno di noia e d'agitazione morale. Gli uomini verso la fine del secolo decimottavo rinnegarono la propria coda: ma i pochissimi che l'hanno conservata fino ai nostri giorni come raro monumento, con questo solo fatto del lasciarsela ancor pendere tra le spalle, senza nemmeno muoverla, diedero eroica prova di disprezzo dei rispetti umani, di costanza nelle massime antiche, di odio ad ogni novità. Oh quanta, e quanto varia è l'eloquenza della coda nelle diverse specie di animali!

Invito la gatta ad avvicinarmisi, ma invano; le mostro la fetta di salame, e non ottengo nulla; mi metto a chiamarla per nome coi più affettuosi vezzeggiativi, e «povera micia, e povera micina, e povera miciona, e pc pc pc... » : fiato perduto. Allora piglio la risoluzione di andar io da lei, e mi getto nuotando in quel mare di fieno, postami prima la fetta di salame tra i denti. E poco mancò che non la perdessi tra quei vortici, per la gran voglia di ridere che mi assalse pensando come nello stesso modo Giulio Cesare salvasse a nuoto i suoi Commentari. Giunto all'abbaino, la bestia, per un tratto commovente di simpatia e confidenza, si lascia prendere: me la stringo al seno con precauzione e fermezza, mi rotolo alla meglio giù pel fieno, con grave rischio di farmi graffiare le mani e il volto, chiudo la gatta nel paniere e grido con soddisfazione: «l'affare è fatto!».

Si va a dirittura alla casa dell'amico, la donna innanzi col suo carico, ed io dietro lontan via, e facendo l'indiano. Per la strada era un miagolare strepitoso; e la gente si fermava rideva, improvvisava giudizi temerari, fino a dire che di quella lepre sgraffignona si sarebbe fatto uno stufato. Giunti alla destinazione, si versa la gatta nella stanza assegnatale, si chiude a chiave, si parte. La sera (sentite questa), quando fu messo un poco d'ordine nel nuovo appartamento, ritorno per ricondurre nello stesso modo micina. Mi accosto all'uscio, tendo l'orecchio, la chiamo più volte, e non odo più lieve rumore. Allora apro adagio, adagio, e vedo.... oh spettacolo! vedo...

Ma qui fo punto, perché parmi di leggere sul volto di alcuni la noia e l'accusa di gettar tempo e fiato in inezie. Ne sono dolente, perché ora veniva il meglio dell'aneddoto, e coloro che avrebbero desiderato udirne la fine dovranno restarsene colla curiosità insoddisfatta. Dunque, per chi vuol sugo di filosofia e di morale, veniamo a una rapida rivista di alcune virtù e abitudini del gatto, con pratiche applicazioni all'umana vita; e così avremo compiuto, benché debolmente, l'apologia del nostro protagonista.

È non meno lodato che universalmente conosciuto nel gatto quell'istinto di delicatezza e squisita decenza con che suol celare gelosamente a ogni sguardo certe naturali miserie; se in ciò gli uomini si degnassero d'imitarlo, non vedremmo più agli angoli delle contrade, fuori delle taverne, perfin lungo le chiese e a ridosso dei più rispettabili monumenti, tante lordure. Considerando questo nauseoso disordine dal solo aspetto dell'inciviltà, lo si direbbe nelle città nostre un anacronismo ogni dì più marcato.

La munificenza pubblica e la privata concorrono mirabilmente nella gara di renderle più belle, pulite e salubri, e camminiamo sulle lastre di granito, e vediamo incanalarsi le acque, livellarsi il terreno, sparire le pozzanghere. Qui s'apre un ombroso passeggio, là si rettilinea una contrada a sghembo, altrove si allarga una via angusta e priva di sole; da per tutto quasi per incantesimo è un sorger di opifici, di case, di palazzi, di templi pieni di gusto e di eleganze. Ora, tanti abbellimenti di queste ricche città che possono dirsi rinnovate sotto gli occhi della generazione presente, e ne fortificano il patrio orgoglio, perché non inspirano anche un senso di rispetto e di riguardo a non deturparli? È il rispetto che quasi per istinto portano i fanciulli e perfino i cretini all'abito festivo, al quale possibilmente risparmiano lo sfregio delle macchie. D'ordinario è l'arte che suol guastare le opere di natura, ma in siffatto ordine di cose è proprio la natura che guasta l'arte. Cari amici, se almeno in questo argomento, che non tocca al fondo delle passioni, vi piglierete il gatto a modello, avrò colto un assai lauto frutto dal mio sermone.

Il gatto porta i baffi, e in ciò non si può negare che sia molto bene imitato dagli uomini, forse appunto perché è cosa in se stessa affatto insignificante. Ma a riscontro non mancano molte persone, d'altronde rispettabili, che spiegano una invincibile antipatia per questo costume, e sarebbero capaci di voler male a un giovinotto per la sola ragione che si lascia crescere le basette. Hanno torto.

Un buon paio di mustacchi, come qualunque altra parte d'una rigogliosa barba, sono elementi di virile bellezza, ed innocentissima cosa il coltivarli e averne compiacenza, come d'ogni altro dono di natura. Che poi vi possa covar sotto un pochetto di vanità e leggerezza, è ancora il minimo dei mali. Chi si mostra duro e intollerante per le più compatibili debolezze umane diventa odioso, e la sua parola perde ogni efficacia anche quando s'indirizza a combattere le vere magagne sociali. Che direste di uno che, dovendo dare la caccia ai lupi, perdesse il tempo a pigliare le mosche? Son così poche le cose che gli uomini possono fare o non fare a loro beneplacito, senza rimorsi e senza contrasti, e saremo tanto indiscreti da volerne ancor diminuire il numero? I mustacchi non impediscono d'essere né fiore di galantuomini né fiore d'ingegni. Dunque, o voi tutti che non siete né professori da cattedra, né magistrati, né medici, né troppo divoti, né vincolati per dipendenza o convenienza ai capricci del terzo e del quarto, lasciate pur crescere i vostri baffi come volete o potete: tanto più che quell'insegna marziale non vi costringe a far bravate, né ad accettare duelli, né a salvare la patria minacciata.

Sono pur belli e lunghi i mustacchi del gatto, ma egli non si crede per questo in obbligo di affettar valore, anzi è saggiamente codardo, e nei pericoli sta nascosto, e fugge a precipizio dal cane, ed è sempre prontissimo a qualunque vigliaccheria per salvare la sua cara pelle.

Il gatto nelle sue cadute ha la virtù di cascar sempre sulle zampe. Provate a pigliarne uno anche piccolo e inesperto; sollevatelo col ventre in alto, quindi lasciatelo pur cadere improvvisamente, anche dall'altezza di sole quattro dita: quel breve spazio gli basta per fare rapidissimamente un mezzo giro sul proprio asse, e cascar sulle zampe. Noi al contrario siamo soliti a cadere sconciamente, e il più spesso capofitti, quasi che la testa fosse la parte meno nobile dell'essere pensante. Ma se gli uomini sono fisicamente inetti a cascar sulle zampe, ve n'ha molti che sono tanto più abili a cascare in piedi, nel senso traslato e proverbiale del concetto, per esempio, nelle scosse commerciali. Cito un solo caso tra mille. Un fallito che scappava con mezzi bastanti a poter vivere onestamente sott'altro cielo, lasciò la patria con queste parole: «Che sia perduto il credito e l'onore, pazienza: sono idee; ma salviamo almeno la persona e il danaro, che sono cose». Quel briccone cascava in piedi.

E poiché abbiamo toccato siffatte virtù, ditemi in confidenza: avreste mai l'intenzione di imitare il gatto anche nelle unghie rapaci? Io ve ne sconsiglio di cuore; ma qualora foste proprio determinati a ciò, notate bene una circostanza essenzialissima, ed è che le unghie di lui sono retrattili, e abitualmente nascoste alla vista e persino al tatto. Ci vuol altro, miei cari, che lasciarsi crescere le unghie come la moda comanda: ciò non serve che a graffiare gli amici quando si stringe loro la mano. Pigliate un po' la zampa del gatto: è tutta morbida, vellutata, carezzevole; le unghie ci sono, e acute e forti, ma non compaiono che nel momento d'essere adoperate. Capite? Se non tenete ben nascoste le unghie, c'è poco a sperare di toccare quei capitali pei vostri traffichi, o quella ghiotta clientela, o quell'agenzia, o quell'amministrazione: insomma quella qualunque opportunità di fare un pochettino il gatto.

Se però alcuno sentisse rimorso d'aver lasciato scorgere le unghie con troppa imprudenza, non si scoraggi per questo: ché ogni regola ha le sue eccezioni. È in via ordinaria che il gatto cela le unghie; ma di quando in quando vi salta sui ginocchi con mirabile ingenuità ad aguzzarle nei vostri panni, e, se nol discacciate, anche nella vostra pelle. Vedete un po' che ardito cimentatore della nostra tolleranza, e soprattutto che bestia di spirito! Sfido Persio e Giovenale a fare una più viva satira al mondo inconseguente e balordo, che tante volte si ostina a proteggere chi sfacciatamente lo corbella. Oh! l'andrebbe troppo male pei birbanti se, conosciuti una volta come tali, si vedessero tolta per sempre quella fiducia che si nega spesso ai galantuomini. Allora, domando io, come si farebbe a spogliare un pupillo dopo l'altro; a fallire la seconda volta e la terza; insomma, a pescare per tutta la vita nei mari inesausti della negligenza, della credulità, dell'ignoranza altrui? Dunque colle unghie ci vuol prudenza e al tempo stesso coraggio; perché, o nascoste o palesi, servono sempre a far preda.

Ma lasciamo siffatti scherzi che potrebbero essere interpretati sinistramente. Il gatto ha quest'altra qualità che accarezzandolo a contrappelo sviluppa una luce elettrica, come può osservarsi nella oscurità. Dunque egli, così freddo in apparenza, ha un fuoco latente che si sprigiona nelle contrarietà. È quello che succede anche nella specie umana agli esseri troppo felici, e avvezzi a veder tutto andar a seconda dei loro desideri. Non è gran virtù esser piacevoli, calmi e pacifici fra le ricchezze, gli agi, gli onori, circondati da ubbidienze, da lodi, da ossequi, sempre gentilmente accarezzati a seconda del pelo. Per conoscere qual fuoco di male passioni ci possa covar sotto, basta fregarli un momento in direzione contraria. Provate un poco, in cambio di lisciarli dal capo fino ai piedi con un'adulazione plateale, a rimontar loro dal cuore alla testa con un epigramma saliente, e vedrete che eruzioni vulcaniche di superbie, di odi, di vendette.

Ho già notato l'abituale taciturnità del gatto, argomento per lui di credito, di tranquillità, d'indipendenza. Vedete mo' quello stolido di cane: egli abbaia a tutti quelli che non conosce, e ad ogni più lieve rumore; perciò l'uomo, indiscreto, oltre a tanti altri mestieri, gli fa fare il portinaio, il guardiano, la spia. Il gatto non parla che per bisogno; per farsi aprire un'uscita, per dolore, per trasporti erotici, per fame.

Sulla virtù del tacere ci sarebbe a scrivere un trattato prezioso. Qui basti accennare un solo fenomeno del cuore umano. Tra due persone nuove, l'una delle quali parli molto e bene, e l'altra taccia affatto, chi più ci impone è la seconda. Perché la prima è un libro aperto, una mercanzia spiegata, di cui conoscete il valore; l'uomo è vostro.

Ma il taciturno è un problema da sciogliere, stuzzica la curiosità, non sapete da che lato pigliarlo, né come accetterà le opinioni vostre; quindi vi tiene in soggezione, ed è quasi uno spauracchio. Gli sciocchi, che d'ordinario sono i più vuoti e molesti ciarloni, quanto guadagnerebbero a tacer sempre! Quei di loro che per soverchio torpore d'intelligenza spiegano questa virtù negativa, finiscono col passare in faccia ai più per persone rispettabili. Il silenzio è la migliore coperta dell'ignoranza, e spesso arriva a farla scambiare per saggezza. È poi ben raro che il tacere generi pentimento; ma una parola ha deciso molte volte dell'infelicità di tutta la vita; molte altre costò la vita stessa. Pel gatto simili pericoli non sussistono; eppure egli tace per la sola ragione che il parlare senza bisogno è una fatica inutile. Quanta sapienza! E perciò quanto meritata e degna la sua felicità!

Fra le tante lezioni che il gatto ci dà, questa ancora voglio ricordare: che il proverbio buona grazia con tutti e intimità con nessuno si direbbe inventato da lui, tanto il suo carattere è identificato a quel concetto. Egli è grazioso, dolce, buon compagno della mensa e perfino del letto; spesso vi lecca premurosamente come un adulatore o uno scroccone; molte volte spinge l'affettazione della sensibilità e dei modi carezzevoli fino a dar di cozzo negli oggetti inanimati, e si soffrega contro gli armadi e i muri, rendendo l'immagine dei pastorelli arcadi innamorati, quando ragionano cogli alberi o colla luna, o pretendono d'impietosire i sassi. Ma nel fondo dell'animo è indifferente, impassibile con tutti, incapace del più lieve sacrifizio nemmeno per chi gli fa le spese: giacché anche pel padrone egli tiene in serbo delle buone graffiature, pagabili a vista, nel caso d'essere importunato in un momento di mal umore.

Forse in lui, per un soverchio di facoltà intellettive, non rimane più posto pel cuore; fatto sta che rinnega ogni sentimento di vera amicizia e di gratitudine, e che quindi si dispensa felicemente da qualunque dovere. A differenza di tutte le altre bestie, alle quali l'uomo non dà nulla per nulla, il gatto esige e ottiene tutto da noi gratuitamente, e senza ricambio obbligato di verun benefizio. Né mi state a obiettare che tien monda la casa dei sorci: quella è un'operazione che egli fa per conto proprio, per puro suo divertimento, non comandato, non eccitato, non minacciato se crede dispensarsene. E appunto vi sono molti gatti poltroni che non si occupano neppure di questa faccenda, il che è proprio uno spingere al massimo grado l'ozio filosofico: e appena potrebbero reggere al loro confronto que' ricchi che non vogliono assolutamente saperne di nulla, neppur di viaggiare, nemmeno di cavalcare, neanche d'andare a caccia; che insomma vivono solo per passare la vita.

Da varie osservazioni fatte è ovvio l'inferire che il gatto è migliore di noi anche nei vizi (egli ha troppo ingegno per non averne, e per non averli squisiti e perfetti). Perciò, siccome bisogna far bene tutto, non escluso il male, così sto per proporvi che, se mai non voleste proprio imitarlo in nessuna virtù, ché a ciò mal si piega la nostra corrotta natura, almeno vi degniate prenderlo a modello nel vizio; e troverete che ancora sarà il minor male. Si può esser più discreto e seducente in una domanda che ha perfino l'apparente attrattiva dell'immoralità? Ma un solo esempio varrà a giustificarmi.

Il gatto ama d'ubriacarsi, e avidamente si procura questo piacere per mezzo di una pianticella, il maro, detta perciò erba dei gatti. Egli adunque, quando può averne, ne gusta alquanto; e ciò basta a esaltargli talmente i nervi cerebrali che, perduta ogni compostezza, si agita, salta, guizza, e si rotola sul terreno. Ma dopo pochi minuti di ebbrietà così piacevole e innocua, cessa quel vaneggiamento, e ritorna alle sue più ragionevoli e tranquille abitudini. Ora, non è ciò mille volte meglio che l'abbrutirsi coll'oppio dei maomettani, o col vino dei cristiani? L'ubriachezza nell'uomo è pur feconda di terribili effetti! ottunde l'ingegno, fa perdere ogni voglia di lavoro, rovina la salute, abbrevia la vita. E anche nelle più immediate conseguenze, quale oggetto di compassione è l'ubriaco! O diventa brutalmente rissoso e manesco, o scioglie la lingua alle più stravaganti minchionerie, che lo rendono ludibrio di chi l'ascolta, o peggio ancora, svela a chicchessia i più reconditi e gelosi segreti dell'anima. Se qualche ubriacone mi ascolta, per carità di se stesso cerchi in avvenire di inebriarsi alla maniera del gatto, al quale non accade mai nulla di tanti malanni.

Qui riflettiamo un istante alle ingiustizie sociali. È d'uopo confessare che una così rispettabile bestia non gode generalmente l'alta stima che ha saputo sempre meritarsi. Ciò richiama alla memoria quel proverbio, che nessuno è grande agli occhi del proprio servitore. Noi tutti serviamo, e senza interesse, ai bisogni, ai comodi, ai piaceri del gatto; e fin qui la cosa cammina bene: se non che la forza dell'abitudine e della domesticità ottunde il senso dell'entusiasmo: ab assuetis non fit passio. Ma il proverbio ancor meglio calzante al nostro caso è l'altro: nemo propheta in patria. Ora, il gatto è cosmopolita, la sua patria è da per tutto; e fino in ciò rassomiglia agli uomini veramente sommi e affatto eccezionali, che sono reclamati dall'umanità intera, e dei quali enfaticamente si dice che hanno per patria il mondo.

Amici, concludiamo. Per istringere in una formula compatta e forte l'ammirazione dovuta a sì nobile animale, bisogna dire: «Se io non fossi un uomo vorrei essere un gatto». Né vi sembri che tali parole siano un plagio di quelle altre famose: «Se non fossi Alessandro, vorrei essere Diogene». No. Qui sentite l'adulatore superbo e vigliacco che designa se stesso pel primo uomo della terra, e dà il secondo posto a quel cattivo mobile di filosofo matto. Ond'è che Alessandro avrebbe meritato di diventar davvero Diogene, in pena di così sfacciata menzogna. Ma il nostro concetto è assai più ragionevole e sincero: e appunto per questo non avrà la fortuna di passare quasi oracolo alla più tarda posterità, come avvenne dell'altro.

Qui taluno potrebbe domandare con filosofico accorgimento: «Ma, sarà proprio il gatto, il solo gatto, cui noi dobbiamo rassomigliare per esser felici? Non converrebbe meglio nel secolo dei lumi essere scimmie versatili, rettili striscianti, volpi ingannatrici, marmotte letargiche, asini gloriosi? Il quesito è grave, e per rispondere degnamente bisognerebbe comporre un altro libro.

Per ora mi limito a dire che, avendo io scelto questa volta a celebrare il gatto, mi parve coscienziosamente ch'egli fosse il miglior modello dell'arte di vivere, e pel bene dell'umanità ve lo proposi. Ma se mi accingerò a scrivere la biografia di qualche altra bestia, è probabile che io muti d'avviso; perché, sia detto colla dovuta modestia, il cambiar parere è da saggio.

O voi che in amore, in amicizia, in letteratura, in morale, in ogni e qualunque umana cosa sapete variare a tempo e misura, notate bene queste parole che voglio ripetervi in latino, perché vi servano di testo autorevole nei tanti bisogni d'usarne. La fermezza e l'immobilità sono virtù delle montagne, e l'ostinazione è il peggior vizio degli sciocchi; ma la brava gente è mutabile. Replico, dunque, che oggi sono nella persuasione fermissima, inespugnabile, eterna, che a noi convenga esser gatti: salvo a decidere alla prima occasione se non torni meglio esser camaleonte o pappagallo, asino o bue, specialmente quando si tratti di bue grasso o di asino d'oro.

LA CODA

È pur dolce e confortante al cuor d'un autore il veder confermate le proprie massime da quella gran maestra di tutte le cose, l'esperienza. Io fui sempre d'avviso che la satira è madre di moralità; e dopo l'ultima mia satira, la morale più rigida venne a frugarmi nelle tasche e a provarmi l'esattezza delle mie opinioni a tutto mio rischio e pericolo. Non mi è più permesso lo scrivere la più piccola bugia, nemmeno di quelle del genere giocoso; ché subito la verità mi afferra per l'abito e mi dà pubblicamente una dura mentita. Per l'individuo la cosa è alquanto imbarazzante; ma, umanitariamente parlando, c'è proprio a godere del visibile e rapido progresso delle virtù sociali. Io mi volli procurare il piccolo diletto di farmi credere infelice; giacché, per le anime tenere e sensitive come la mia, è un diletto anche questo: perciò, rappresentando la vittima dell'umana ingratitudine, dissi in poche e toccanti parole degli odii suscitatimi contro dell'esilio, dei rimorsi, della consunzione.

Speravo che almeno i miei concittadini milanesi mi credessero deportato in Siberia o nell'Oceania; speravo che tutti si figurassero di vedermi sparuto, sottile, diafano. Ma, ohimè! nel giorno 18 gennaio del 1846 il Corriere delle Dame ha emanato un articolo, scritto appositamente per far sapere che il tristo esilio è la ridente e vicina città di Monza, che de' miei rimorsi non si fida né punto né poco, che in cambio d'esser tisico in terzo grado io sono contento e grasso come un Sileno. Ah ciarlone indiscretissimo! Ah traditore di tutti i miei secreti, non esclusa la pancia e la felicità! Venir proprio a denunziarmi per pettoruto e beato sul gazzettino delle dame gentili, che amano solo le figure patite e sentimentali!

Ma la satira non si contenta di diffondere la moralità: fa anche pullulare per reazione sublimi lezioni di morale; e quel Corriere inesorabile me ne diede alcune, da mandarmi vergognoso e dolente de' fatti miei per tutta la vita. Per esempio, egli trova che ho fatto malissimo a pubblicamente rinnegare la mia prima maniera satirica e a voler adottarne una opposta, tutta lodatoria; perché questo, vedete, è un cascar dalla padella nella brace; perché è più perdonabile il costante procedere d'un carattere caustico, che non la bassezza e la servilità di siffatti pentimenti e di siffatte risoluzioni.

Degni e nobili sentimenti, che nemmeno l'audace cinismo di Momo varrebbe a sparger di ridicolo. Se non che, a forza di leggere il mio Gatto, gli nacque un sospetto, che quelle mie proteste non fossero affatto sincere: anzi fu lì lì per iscoprire che erano tutte uno scherzo; e che perfino l'elogio del gatto era ancora una satira. Fortunatamente per le buone massime, questa scoperta non la volle fare, poiché avrebbe dovuto cancellare quelle belle sentenze sugli animali bassi e servili. Ha però trovato che io non mi attenni abbastanza fedelmente al programma, che qua e là vi sono ancora pensieri che puzzano maledettamente della mia prima maniera. Tra questi, due sgraziatissimi pensierini lo hanno specialmente commosso e riscaldato: fu come a dare due colpi di sprone a un puledro bisbetico, o due ramoscelli di maro a un gatto da refettorio.

Uno dei due si riferisce alla zoologia che glorifica chiunque vada a caccia di farfalle e infilzi un moscherino sullo spillo, ecc. L'interpretazione più sottile e forzatamente seria di quelle parole potrà trovarsi satirizzata, non già la debita estimazione che naturalmente segue il valente entomologo, ma quella importanza che con troppa facilità si usurpa il gregge dei pedissequi che, senza attitudine scientifica, sono capaci solo della material noia di disordinate e inconcludenti raccolte, e che perciò non giovano alla scienza, ma ne rappresentano la caricatura. Di quest'ultima specie protesto di non conoscerne alcuno, nemmeno di vista o di nome, e che quindi non intesi alludere a nessun individuo;

ci devono essere, e devono essere appunto quelli che appetiscono più appassionatamente le lodi dei giornali e le inserzioni accademiche, tanto scadute di valore per lo scialacquo che se ne fa. E dico ciò non per cognizione positiva di fatti riguardanti questo argomento, ma per logica induzione; poiché questa è la storia eterna d'ogni arte e d'ogni scienza, è l'eterna storia del cuore umano e delle sue debolezze. Di siffatti scherzi non si offende il dotto, perché sente che non sono a lui diretti; non se ne offende lo sciocco, perché si crede dotto: e da queste felici combinazioni nasce la dovuta libertà della satira generica, che dà la storia minuta delle tendenze contemporanee, e marchia le esagerazioni e gli abusi delle cose anche le più rispettabili.

Del resto ogni discreto lettore capisce bene che chi intendesse di seriamente satirizzare un qualche ramo di scienza, farebbe un'amara satira a se stesso, mostrandosi privo di senso comune; perché chi ha dramma di cervello stima e venera lo studio di tutta quanta la natura, che è ugualmente maravigliosa nell'organizzazione degl'insetti come nell'armonia delle sfere: e l'entomologia vanta cultori di grande e meritata fama. La satira giocosa si prefigge di cogliere il lato apparentemente ridicolo, il lato comico nella formola delle cose, e presentarlo con un'immagine buffonesca, con un frizzo matto e piccante. Così, in qualche altro opuscolo, scrissi, a proposito degli astronomi e dei botanici, che i primi «vegliano di notte come gatti sulle specole e sugli abbaini, tentando coi cannocchiali tutti gli angoli del cielo, per veder se mai caschi loro nei vetri qualche stella nuova che non servirà al benessere di nessuno; che i secondi s'arrampicano come daini sulle più ripide montagne in cerca di erbe, e per frutto di loro fatiche appena arrivano in dieci anni a sparger per le pagine di mille libroni il fieno che basti per la cena di un asino».

Questi tratti puramente scherzosi, o umoristici che dir si vogliano, per quanto io sappia, non irritarono nessun botanico, né i miei sonni furono turbati dalle ombre sdegnose del Piazzi o dell'Oriani: né credo sia adesso accaduto diversamente coi cultori della zoologia; perché le scienze non decadono di prezzo per un epigramma, e gli uomini della scienza non sono così piccoli da allarmarsene. Anzi, di solito, sono i primi a ridere e applaudire, perché sentono meglio degli altri quella parte di vero che la caricatura racchiude.

Ma non la pensa così lo zelante Corriere delle Dame, che trova aver io con quelle parole oltraggiato i migliori naturalisti viventi, dei quali mi dà un breve elenco, e poi Buffon, e poi Linneo, e poi Plinio, e poi... peccato! in uno sfogo così bello di erudizione dimenticò l'imperatore Domiziano, il più celebre cacciatore di mosche che mai vantasse la storia. Avrebbe egli mai taciuto quel nome per non denunciarmi reo di lesa maestà? No; perché quel delitto vien subito dopo, e mi piomba addosso l'accusa di avervi dichiarati inutili al mondo i re Sesostri, Ciro, Alessandro! E si aggiunge, colla più opportuna e spiritosa ironia, che l'ingegno di chi ha fatto l'apologia del gatto e tradotto Orazio in dialetto può bastar solo per tutti questi vanissimi doni della provvidenza, quali furono Sesostri, Ciro, Alessandro, e Plinio, e Linneo, e Buffon, e tutti i viventi naturalisti.

Il secondo pensierino che accese di sdegno il Corriere fu l'aver io detto che, lodando il gatto, sarei stato «impudentemente bugiardo come un articolo bibliografico o una necrologia, inventando virtù che non esistettero mai, e voltando in virtù perfino i vizi». Se con quelle parole io abbia colpito giusto, lo lascio giudicare alla pubblica opinione, e meglio ancora al convincimento intimo del critico mio, che avrà tante volte encomiato libri pessimi e non letti nemmeno da lui, e ora s'infuria a trovar pessimo un libro che raggiunse lo scopo di divertire, e circola rapidamente per tutte le mani.

Sì, lo giudichi egli stesso; il quale, non sapendo cosa oppormi, per tutta confutazione mi fa una brillante cavatina rettorica, deducendo che a lodare l'opera delle Origini Italiche si è bugiardi e impudenti, e begli ingegni a lodare il mio Gatto: impudenti e bugiardi ad annunziare il trapasso d'un benefattore del genere umano... col resto che si leggerà nell'articolo. Oh il bel modo di provare l'erroneità d'una proposizione! Certamente che io avrei potuto fare una parentesi alle molte e onorevoli eccezioni di articoli bibliografici e necrologici coscienziosi e veritieri; ma, una volta per sempre, le eccezioni si sottintendono e si rimettono al facile criterio del lettore; ma le parentesi e le restrizioni cachetiche e timide guastano la vivezza d'uno scritto satirico e immiseriscono il pensiero.

Fra i proverbi, che si dicono a buon diritto la sapienza del popolo, molti del genere satirico, risguardanti i ceti e le professioni, sono abbastanza ingiusti da ferire l'eccezione in cambio della regola. Ma appunto salgono all'onor di proverbi e si ripetono per secoli, in quanto che sono formulati in un aforismo breve, assoluto, trinciante, inesorabile. Dilungateli, se vi dà l'animo, con parole blande, circospette e temperanti: diventano una freddura che nessuno ripete. Dunque la mia similitudine sugli articoli impudenti e bugiardi, per quanto meritevole d'esser modificata a rigor di giustizia, la lascio correre come sta anche nella seconda edizione: tanto più a riguardo dell'avvertimento datomi dal Corriere, che certi pentimenti sono indizi d'animo basso e servile.

Per altro, fra le più segnalate eccezioni a quella mia sentenza, devo annoverare la presente dello stesso Corriere; che messo egli pure in avvertenza dalle mie parole (gran virtù della satira!), mi dedica un articolo non già bugiardo e impudente, ma anzi sincero e modesto in grado superlativo. Sincero, perché mi strapazza con un abbandono che se fa poco onore all'arte, ne fa molto alla natura; modesto, perché chiuso nel più geloso mistero dell'anonimo. La quale ultima precauzione, nel caso presente, io sarei capace di chiamarla vigliaccheria se scrivessi ancora nella mia prima detestabile maniera; ma nella seconda, oibò! la chiamo modestia rara e raffinata prudenza. Dunque, mio caro anonimo, vieni qua che voglio darti una mezz'oncia per le tue virtù, e specialmente per il bel passo rettorico sul Mazzoldi, sul magistrato integerrimo e illustre, sul giornalista che un giorno annunzierà alla terra desolata e piangente la morte del lodatore dei gatti... Ah bravo, bravino davvero! E con tanto ingegno tu vuoi celare il tuo nome? È un defraudare la tua patria dell'onore che le tocca.

Ora, per la stima che mi inspiri, voglio farti una confidenza a te solo: mi guarderei dal farla nemmeno a un amico; ma un anonimo non tradisce mai il segreto. Sappi dunque, giacché non hai voluto saperlo prima d'ora, che quella mia determinazione d'adottare una seconda maniera di scrivere, fu uno scherzo; che quel voler lodar tutto fu un'ironia. Sappi, ma discrezione per carità! che il mio Gatto è ancora una satira dalla punta delle orecchie fino a quella delle unghie; e ti dico tutto ciò perché, dietro queste preziose rivelazioni, tu possa scoprire da te stesso che quelle mie parole sugli articoli impudentemente bugiardi non sono per niente affatto una contraddizione, come tu fai mostra di pensare.

Ma tu nel mio Gatto hai scoperto un'altra contraddizione. Oimè! appena due? Dietro la mia teoria sulle contraddizioni, comincerei proprio a sospettare d'aver composto un opuscolo ben debole e fiacco. Io dunque, a proposito di coloro che non possono soffrire nel prossimo i mustacchi, scrissi la seguente sentenza, che tu dici essere d'una buona fede affatto patriarcale: «Chi si mostra duro e intollerante per le più compatibili debolezze umane diventa odioso, e la sua parola perde ogni efficacia anche quando s'indirizza a combattere le vere magagne sociali». Ti confesso che per quanto io mi sforzi, nelle viste dell'onor mio, di trovar vera questa contraddizione, non ho bastante ingegno per riuscirci.

Dunque insegnami tu con qual altra mia proposizione urti questa sentenza. Io non ne riscontro alcuna in tutto il libro. Sarebbe mai perché il mio scrivere è duro e intollerante? Allora tu confonderesti insieme due cose che devono andar distintissime. Io non ho parlato d'intolleranza manifestata cogli scritti stampati, ma d'intolleranza relativa alle abitudini della vita privata, e il perseguitare i baffi è fatto di privatissima e domestica vita. L'autore satirico, che nelle sue relazioni individuali potrebbe anche essere il più buon diavolo del mondo, si finge intollerante per progetto quando scrive, per la semplicissima ragione che si prefigge di censurare tutto quanto è censurabile; e secondo che incontra nei campi delle sue escursioni o piccole debolezze o gravi vizi, adopra ora le tinte leggiere dello scherzo, ora l'ombre risentite del sarcasmo e dell'amara ironia. Perciò io, che non voglio lodi immeritate, rinuncio per debito di pura giustizia al vanto di quella contraddizione, perché non sussiste in nessun modo: né capirò mai come quella mia proposizione meriti d'esser giudicata seriamente dal lato filosofico e morale. Circa al lato filosofico, ne lascio a te l'incarico, perché io non ci pretendo. Sgraziatamente sono già tanti anni dacché ho studiato la filosofia, che ho ben diritto d'averla dimenticata tutta quanta; e non m'è restato in mente che la sua definizione in quella cosa che si studia dopo la rettorica.

Circa poi al lato morale, l'affare è differente. Per giudicarne bisogna intendersene; e un anonimo della tua specie e delle tue intenzioni s'è posto da se stesso fuor dell'arringo, e il tuo parere non conta. Perdona questa mia scappatina della prima maniera; e consolati, perché l'esser debole in una sola cosa, qual è il giudicar di morale, non impedisce che tu possa esser forte in mille altre; per esempio nel comporre articoli bibliografici sinceri e modesti.

Io però ti devo un ricambio di gentilezze. Avendo tu imparato da' miei precetti che le contraddizioni abbelliscono un libro, ti sei sforzato a pescarne nel mio, e dalli e dalli, ne hai cavato due che credevi di peso, e che poi ti sono svanite nelle mani come bolle di sapone. Ma io ti sono ugualmente grato del buon volere; e per mostrartelo, ti rendo la pariglia, e ti presento un paio di vere e piccanti contraddizioni tolte dal tuo breve articolo: due sole, per non soverchiarti, ma spero d'esser più felice di te nella scelta e nel risultato.

Le mie parole sugli articoli impudenti e bugiardi ti mossero a sdegno, non già per conto tuo, che sei troppo generoso, ma per l'onore de' tuoi confratelli giornalisti: infatti mi rinfacciasti anche che giornali e giornalisti m'hanno lodato, incensato, indorato. E non ti ricordasti più di aver premesso, poche righe addietro, che gli scritti miei non possono essere applauditi che dagli sfaccendati e dagli sciocchi, ma da questi soltanto e non da altri. Ti pare che sia una delle buone e legittime? Dimanda un poco in mio nome a tutti i giornalisti se sia meglio aver me per accusatore o te per avvocato?

La seconda contraddizione è in fine dell'articolo, proprio nell'ultimo periodo; e non sarà soverchio il riprodurlo, perché è d'una bellezza meravigliosa. «Per beffare poetastri e scrittorelli secondo il nostro buon piacere, per deridere in massa i cultori d'una scienza qualunque, per dire impudenti e bugiardi a quanti scrivono bibliografie e necrologie, per sogghignar con disprezzo al mostaccio di questa o di quella classe, per staffilare a dritto e a rovescio le umane debolezze (sentiamo!), bisogna essere per lo meno Enceladi letterari, avere la coscienza di Aristide, la virtù di Socrate, e per soprammercato il coraggio, l'ingegno e la fronte di Scannabue».

Dietro l'enumerazione delle mie tante bricconerie, io m'attendeva di sentirmi dire che, per esserne capace, ci volessero qualità di mente e di cuore ben detestabili; ma tu riesci a una conclusione affatto nuova, all'exitus inopinatus dei trattatisti d'eloquenza, che elettrizza e sbalordisce. Dunque, per avere il coraggio che ho avuto io, bisogna avere il coraggio che ebbe un altro. Dunque è lecito berteggiare, insultare, staffilare chi si vuole, quando si abbia molto ingegno e si sia giganti in letteratura. Dunque va bene lo scrivere tante cose, che tu giudichi inique in se stesse, purché si abbia la coscienza di Aristide e la virtù di Socrate. Dunque per essere impunemente birichini sfrontati bisogna essere galantuomini sublimi. Dunque Socrate e Aristide, facendo meglio di me ciò che ho fatto io, avran fatto ridere meglio di me gli sfaccendati e gli sciocchi.

Oh graziose antitesi, oh controsensi da bombe! Di che slancio incredibile non è capace l'umano ingegno nella beata libertà e sicurezza dell'anonimo! Io ti prego per la gloria delle lettere italiane a non mettere mai più il tuo nome sotto alle tue bibliografie; e in cambio d'uno scrittorello impotente, avremo uno scrittore inarrivabile in un genere tutto nuovo. E spero averne anch'io qualche gratitudine dal mondo letterario, perché fu in causa del mio Gatto che apparve questo articolo portentoso, e che tu approfittasti così bene de' miei insegnamenti sulle contraddizioni produttrici di pagine stupende. Delle due che scelsi a indicarti, l'ultima è così luminosa e forte e complessa, che in margine a quel periodo finale si potrebbe scrivere: non plus ultra.

Siccome però, non v'ha cosa, per quanto bella, che non possa andar soggetta a critica, io ti voglio confessare che in quel periodo v'è un nome il quale mi sonò strano. Che io non abbia né l'ingegno di Scannabue, né la virtù di Socrate, né la coscienza di Aristide, siamo perfettamente d'accordo; e mi accontento della lode che risulta dall'aver tentato d'imitarli tutti e tre in una volta: lode tanto più bella e sincera, perché implicita e data senza volerlo. Ma Encelado come ci può entrare? Credi tu che io sia da meno di lui? Non mi farai simil torto, né io soffrirò il paragone. Difatti, Encelado, così grande e grosso com'era, fu tanto sciocco da lasciarsi miseramente seppellir vivo sotto all'Etna per non so quale delitto o prepotenza. Ma io che, pel delitto d'aver lodato i gatti, mi sentii piombare sulle spalle tutto il vulcano dell'ira tua, vedi! Sono qui sano e salvo e grasso, e contento di ribadire le mie colpe con una seconda edizione del Gatto. Capirai che le favole mitologiche sono sempre cose meschine in confronto alle storiche verità. Ma per compensazione quel nome tutto poetico di Encelado, e quell'altro tutto matto di Scannabue, messi in compagnia di Aristide e di Socrate, rendono uno screzio così grazioso, rivelano tanta finezza di gusto, e un senso così squisito di eclettismo letterario, che bisogna proprio inferirne l'acume della tua mente e l'originalità della tua penna.

Io però ti confesso di lodarti per sola prepotenza di giustizia e a malincuore; perché riesce tanto più acerbo e umiliante il pensiero d'averti dispiaciuto a ogni passo del mio libro. Le cose da te rimproverate sono tante che è dura impresa a registrarle tutte. Fra le ragioni che io diedi dell'aver scelto il gatto a celebrare pel primo, questa addussi, che è una bestia eminentemente cattiva; e ciò ha cominciato a metterti di malumore. Dovevo io dunque preferirne una buona? Ma allora sarebbe stato un elogio da senno, ossia una puerile e noiosissima tiritera da accademico infarinato o incipriato: e io m'immaginava che per oggetto di satira si dovesse prendere il vizio e non la virtù. Il gatto, specialmente pel suo modo tutto eccezionale di convivere coll'uomo, offre un sì bel campo alle scorrerie della letteratura bizzarra e giocosa, che migliore o uguale non ispero trovarlo in tutto il regno animale: in quel modo stesso che in tutto il Parnaso latino sarebbe vano cercare un capo d'arte più adatto della Poetica d'Orazio a un travestimento in dialetto.

Perciò (tu sei un rubacuori, e mi strappi a forza tutti i miei segreti), desiderando io di non restare al di sotto della mia stessa pochezza, probabilmente non mi occuperò più di nessuna bestia (dopo il presente lavoro); ma, a imitazione ancora del gran Raffaello, tenterò nelle opere future una terza maniera; tanto più che il saggio della seconda non riuscì di tuo genio.

Ma nemmeno la dedicatoria del mio libro non t'è andata a genio per nulla, e t'ha fatto scoprire «quale diversità passi talvolta tra le parole e i fatti degli Orazi contemporanei». Se con ciò volesti dire (e non saprei come spiegare diversamente il tuo concetto) che le mie parole e i miei scritti mostrarono sempre aborrimento all'adulazione e alla bassezza, mi hai reso la dovuta giustizia. Ma ti stimerò valente se mi proverai che in questo caso io mi sia smentito. Ho chiamato il conte Litta splendido cultore e protettore delle belle arti, perché lo è in tutta la forza e in tutti i significati dell'epiteto, e tutta Milano lo sa e lo vede. Chi ha avuto il pericoloso coraggio di aggredire i vizi individuali ha anche il diritto di render giustizia alle individuali virtù: e ciò a mio debole avviso non è un contraddirsi per nulla.

Ti fo poi riflettere che le privatissime relazioni di amicizia o deferenza sono cose troppo estranee all'onesta critica, perché sia permesso d'impacciarsene neppure all'anonimo meglio travisato. Del resto, se quell'attributo di splendido ti spiace, mandami la lista dei signori sordidi e rozzi (che sarà un po' lunghetta), e vedrò se ve n'abbia alcuno abbastanza simpatico da potergli fare una dedicatoria di tua sodisfazione. Le parole poi Orazi contemporanei implicherebbero un confronto coll'Orazio antico. Sappi dunque che, almeno da questo lato, io mi avvicinerei sempre più a lui mano mano che le mie dedicatorie potessero salire in alto: perché il Venosino intitolava i suoi carmi nientemeno che a Mecenate e perfino a Cesare Augusto. Apri il canzoniere di messer Quinto Orazio Flacco, e vedrai che comincia non già colle svenevoli parole: voi che ascoltate in rime sparse il suono di quei sospiri, ecc.; ma con queste altre: Moecenas, atavis edite regibus, o et proesidium et dulce decus meum! Queste cose le sai tu che mi desti sì bel saggio d'avere studiato i classici, e che sei tanto erudito e bravo. Perché dunque vuoi farmi ad arte l'ignorantello?

Ma a te non garba neppure che mi siano «piovute addosso le congratulazioni di mezza Milano pel pochetto che ho fatto, quasi fosse molto, anzi moltissimo». Anche qui ti lagni d'una cosa che tu stesso troverai naturalissima dietro la spiegazione seguente. La metà di Milano che mi applaudiva dev'esser quella composta di sfaccendati e di sciocchi (compresi i giornalisti, non è vero?); difatti l'altra metà, che per esser piena di faccende non legge nulla, è innocente di quella colpa.

Circa poi all'aver io fatto pochetto, chi ti disse mai che io abbia fatto molto? saresti stato più vero dicendo pochissimo. Io, vedi, non sono altro che il celeberrimo autore delle mie opere future: le passate sono un nulla e non lo metto nel conto. Lasciami dunque respirare, e aspetta a giudicarmi in quel terribil giorno quando annunzierai alla terra desolata e piangente il mio trapasso; allora solo, se ti basterà l'animo, dirai tra un singhiozzo e l'altro se io abbia fatto pochetto o pochino.

Ma, tornando al Gatto, tu trovi che io non ho detto nulla di nuovo sugl'istinti e le abitudini di questa bestia. Qui hai ragione: io scrissi ciò che tutti sanno e vedono, perché ho servilmente copiato la natura, né mi giovò alcuna risorsa di fantasia creatrice. Capisco, che se avessi dato al gatto i talenti del pappagallo o le tendenze della scimmia, sarei riuscito nuovo e originale, ma non ci ho pensato prima. La novità però che tu mi concedi (uomo generoso!) è di aver esposto in moltissime pagine ciò che Buffon con tanto senno e tanta evidenza seppe dire in pochissime. Oimè! tu confondi il severo naturalista che si attiene strettamente alla descrizione anatomica e fisiologica d'una specie; che per quanto cerchi d'esser breve, avendo a percorrere l'immenso campo di tutta la natura, fa un'opera immensa: tu, dico, lo confondi collo scrittore di opuscoli letterari, che piglia il gatto a pretesto di satira sociale, e di cento svariate digressioncelle. E l'hai proprio detto di buona fede, eh? È già la seconda volta che mi citi Buffon, e ancora molto a proposito. Vieni qua, mio caro, che anch'io voglio darti una seconda mezz'oncia, più tenera della prima; tu meriti le carezze, non solo per esser bravo, ma anche per esser buono e pieno di candore e d'innocenza.

Giunto che tu fosti all'ultima pagina del Gatto, hai dovuto esclamare cordialmente: «Sì, v'è del buono, ma ne avevamo proprio abbastanza». Quanto al buono, mille grazie: la lode è grande in bocca tua, e non è piccola anche per se stessa, perché tre quarti almeno dei libri non hanno niente di buono. Anche prima avevi detto che nel mio libro c'era dello spirito, poco, ma via! alquanto. E anche questa lode sorpassa le tue intenzioni, perché l'acqua si tracanna a gotti, il vino si beve a bicchieri, ma lo spirito è come il rum che si sorbisce a centellini, e non è mai troppa la parsimonia nel versarlo.

Quanto poi al caso che, giunto all'ultima pagina tu ne avevi proprio abbastanza, vedi come i geni s'incontrano! Fu proprio allora che io ho finito il mio libro, precisamente a quell'ultima pagina. Par fatto per la tua misura; e fu un gran bell'indovinare il giusto grado della tua saturabilità. Del resto, se quella lettura ti ha veramente stancato, recipe un preservativo infallibile per l'avvenire. Leggi i miei opuscoli in tre o quattro riprese; così ti sembreranno anche più lunghi, e non dirai più che io ho fatto pochetto.

Ma non andarono a tuo genio neppure i fogli d'annunzio del mio libro incollati agli angoli delle vie, e li trovasti di grandezza enorme per un gatto (fosse stato un asino, pazienza!) e scritti in caratteri eccessivamente maiuscoli, e, quel ch'è peggio, sparsi perfino nelle contrade dove non passa nessuno. Mi consolo perché questi tre delitti non sono miei, ma tutti dello stampatore. E appena lette le tue rimostranze, corsi sdegnato da lui, e gridai: Veda che amara pillola mi tocca d'ingoiare per lei! Ma il tipografo, incorreggibile come un autore, mi rispose: Di chi è quell'articolo? e io: D'un anonimo e lui: Non può essere che uno sfaccendato e uno sciocco e io: No, perché allora mi avrebbe lodato e incensato e lui: Oh insomma, quei fogli sono della grandezza solita, e coi soliti caratteri, e affissi ai soliti luoghi, e il mio mestiere devo saperlo fare io, e se mi secca farò tutto grande il doppio nel caso d'una seconda edizione. Allora finii col pregarlo umilmente di evitare almeno negli avvisi futuri la carta rossa e la gialla, perché sono colori che offendono la vista e il gusto dei letterati di prima riga.

Ma a te non piacque nemmeno il prezzo del mio libro come troppo caro. Su questa opinione, d'indole affatto mercantile, volli consultarmi con un negoziante qui di Monza, e gli dimandai se io possa in coscienza far pagare due franchi il mio libro. Egli mi rispose: «Il suo libro ha spaccio? Sì, e grande. Dunque lei sarebbe matto da legare se lo vendesse anche solo a un franco e novantanove centesimi. L'onore d'una fabbrica sta appunto nel sostenere le proprie stoffe a un prezzo molto elevato; e la mercanzia ha sempre e legittimamente tutto quel massimo valore che la piazza è disposta di attribuirle. Ma si lamentano. Ma pagano! E qui sta il punto. Le lagnanze, le proteste, le recriminazioni sono inseparabili dal commercio: basta che ne venga fuori la morale di vendere molto e bene».

Queste parole, quantunque racchiudano più sugo e buon senso che tre secoli di filosofia peripatetica, non le calcolai, perché aspre e rozze nella loro applicazione alle umane lettere; le quali non devono essere un mercimonio, anzi stanno in cima alle arti liberali, e tendono a ingentilire i costumi, ed hanno una missione illuminatrice e rigeneratrice..., con altre simili smancerie. Dunque ti dirò che la vera cagione dell'aver io messo il mio libretto a franchi due sta in ciò: che il libretto stesso ha la virtù di farsi leggere due volte, grazie alle tante malizie e iniquità che lo rendono interessante, e che ritraggono (debolmente) lo stile e il fare di Encelado, di Aristide, di Socrate e di Scannabue.

Ma a te non piacque nemmeno l'epigrafe: Non impresterai né il tuo nome, né il tuo cavallo, né il tuo libro. È un gran dire che, né con te né colla filosofia io non possa aver fortuna. Una misera volta che adottai una sentenza filosofica perché, non essendo metafisica o cabalistica, l'ho capita e gustata, ho fatto male. Quello scherzo, che appunto può correre almeno sulla coperta d'un libro scherzoso, allude all'abitudine tanto radicata e generale tra noi di farsi imprestare i libri invece di farne acquisto; il che, quanto è comodo a chi li legge, altrettanto è molesto a chi li compone. La letteratura umanitaria, tutta piena di palpiti generosi, può ben dissimulare questo doloruccio molto positivo e prosaico; ma si dà la zappa sui piedi se non vuol permettere in proposito una parola di scherzo a chi ha il coraggio di dirla, e crede d'essere autorizzato a dirla dall'indole festiva del proprio ingegno.

D'altronde quella sentenza non invade i diritti di nessuno; perché non impedisce a chi che sia di far circolare il libro per cento mani, anzi non è intesa neppure a sconsigliare i benevoli dal prestarlo a tutti coloro che ragionevolmente sono dispensati dallo sprecar danaro in oggetti inutili; perché anche i precetti dei filosofi devono interpretarsi con un grano di sale, e sta nell'amor proprio d'un autore che i libri si diffondano molto. Ma si vorrebbe pur ricordare a tante persone agiate e prodighe in mille altre cose, che i libri si fanno principalmente e affatto casualmente anche perché siano venduti. Permetti dunque, anonimo caro, che quella sentenza diventi l'epigrafe perpetua de' miei opuscoli bizzarri; l'amo tanto più per averla scoperta io ne' manoscritti d'un filosofo arabo del secolo di Albufeda.

Finalmente veniamo al paragrafo della fame. Tu hai rivolto contro di me il mio dilemma sui libri inutili, che si scrivono o per la fama o per la fame, e dal dilemma non si scappa: primo, perché libro più inutile del mio Gatto non può darsi; secondo, perché il dilemma devo passarlo buono, avendolo composto io. Crudele! Dopo avermi processato, volesti appendermi collo stesso capestro che io aveva preparato per gli altri. Pure, a forza di pensarci, avrei scoperto una via di mezzo, e potrei rispondere che io scrivo e per l'una e per l'altra. Io là alludeva agli sciocchi che d'ordinario agiscono per uno scopo solo: la brava gente può ben prefiggersene due per volta.

Ma tu m'incalzi con una logica tremenda, e m'interdici il tempio della fama, per giungere al quale ci vuol altro che partorire i topi della montagna... Ehi, ehi, caro anonimo, queste sono calunnie, e io monterò sulle furie davvero. Io non partorisco topi né di montagna né di pianura, anzi tendo efficacemente alla loro distruzione col partorire i gatti, e mi pare che la cosa sia ben differente. Dunque, perché non potrò io diventar famoso? Intanto mi fo applaudire dagli sfaccendati e dagli sciocchi, e ciò basta già a costituire una celebrità immensa; anzi prego la Fama stessa a non trombettare di soverchio in mio favore, perché se arrivo ad essere conosciuto da tutti costoro, dovrò consumare un cappello per settimana a furia di corrispondere per le strade agli ossequiosi saluti di tanta buona gente: e credo che tu pure non sarai così incivile da negarmi i tuoi rispetti!

Escluso dal tempio della Fama, tu, in forza del dilemma, mi conduci dritto dritto all'ospizio della Fame, alla Casa d'Industria; e siccome l'avvertirmi della mia sciagura è cosa un po' brusca, lo fai nella lingua della pulitezza e della galanteria, chiamandomi in francese un malheureux qui travaille pour vivre. Oimè, che vuoi tu dire? Mi rinfacci forse la colpa d'esser nato in una modesta casa d'affitto anziché in un superbo palazzo? Questo delitto, mio caro, io lo rimprovero a me stesso tutti i giorni dell'anno, quantunque sia comune alla maggior parte degli uomini. Ma ora la cosa è fatta, e non c'è più rimedio: l'errore dipende da ciò che, quando si nasce si è troppo piccoli e senza pratica di mondo.

Per altro siccome non vorrei che dietro la lettura del tuo articolo qualche anima caritatevole mi mandasse a casa una libbra di pane, intendo provarti che dalle tue stesse parole risulterebbe non essere la mia fame tanto urgente e rabbiosa come quella dei poveri d'Irlanda ai quali si ammalano le patate. Tu hai detto che io sono grasso e contento; tu hai ammesso che io ho fatto quest'autunno una passeggiata a Napoli, il che (oltre al grande impulso da me dato alle scienze) significa andar via a spenderne; tu notasti che le mie edizioni si spacciano a furia, e che nulla ostante mi tenni silenzioso lungamente: difatti erano quattro anni e più dacchè la mia penna giaceva affatto oziosa. Dunque si potrà concludere che se la mia è fame, è però una fame a respiro, una fame che ha dei lucidi intervalli, una fame non degna dell'onor della stampa come quella di Ugolino; insomma non sembra probabile ch'io debba morire come quell'infelice di una fame trascurata.

Ma, dimmi un poco: il giornaletto nel quale tu deplorasti la mia fame, per qual fine vive e lavora? Forse per la sola missione di spargere il figurino della moda fra le dame e le sartine? Di te non parlo: si capisce bene da' tuoi sentimenti elevati che tu scrivi per la fama: è la gloria che tu appetisci, nobile intelletto; e, dico, non la gloria egoistica, individuale, poiché celi il tuo nome: tu vuoi la gloria letteraria della nazione, e specialmente del giornalismo; e dimostri coll'esempio che di articoli impudentemente bugiardi non se ne scriverebbero più, se tutti imitassero il tuo stile. Ma poiché io sono condannato a non pensar che alla fame, desidero che almeno su questo punto importante tu non abbia a compassionarmi più del bisogno e a tremare per la mia nutrizione. Permetti quindi che io divida la mia fame in passata e futura. Quanto alla fame passata, puoi vivere tranquillo, poiché, come tu vedi dal mio aspetto, l'ho sopportata con sufficiente disinvoltura, e non si direbbe nemmeno che io l'abbia patita. Quanto alla fame futura, mi aiuterai tu stesso a soddisfarla, e senti in che modo.

La maggior parte de' miei opuscoli ebbe la seconda edizione, e alcuni anche la terza. Ma per non essere obbligato ai miglioramenti di consuetudine, quelle edizioni posteriori subentrarono inavvertite perché non si annunziavano, e io ripeteva la stessa carta, lo stesso formato, e perfino gli stessi errori: e credo ben raro il caso che alcuno comprasse due volte un mio libro. Ma ora, grazie al tuo articolo e alla coda che l'accompagna, bisogna proprio che la seconda edizione si chiami tale, e si annunzi coi soliti enormi avvisi sparsi da per tutto. E tanti che tre mesi addietro cercavano invano la tua curiosissima critica dalle modiste e dai parrucchieri, ora l'avranno per due franchi unita alla risposta, e colla giunta del libro: giacché il libro essendo pessimo, come tu hai dimostrato, lo do gratis, proprio come giunta alla derrata, e sarà un nuovo correre di sfaccendati e di sciocchi; e moltissimi possessori della prima edizione le metteranno vicino anche la seconda: il tutto per opera tua.

E così, venendo alla morale della fame, io dopo aver pranzato qualche migliaio di volte per conto d'un gatto che miagola (perdona una freddura della prima maniera), pranzerò qualche altro centinaio di volte per conto d'un cane che abbaia. La cosa, che è sicurissima come fosse già avvenuta, mi pare abbastanza nuova e piacevole per essere registrata nei piccoli fasti della nostra piccola letteratura.

La tua critica, oltre ai lievissimi difettucci da me notati, e inseparabili da qualunque opera dell'umano ingegno, avrebbe anche questo del titolo sbagliato. Sarebbe stato bene produrla col semplice nome di articolo, e come tale era dei migliori, perché rende tutta la misura del tuo gusto, della tua erudizione, della tua buona fede; ma non dovevi intitolarla bibliografia, giacché tal parola significa descrizione o esame d'un libro, e tu del libro non hai esaminato nulla. Le tre o quattro righe che ti fecero dare in due sfoghi d'eloquenza sono nella prefazione, che, precisamente, fu trovata dal pubblico la parte meno infelice del mio scritto. Del resto ti sei diffuso a scommettere che io era nato colla più buona volontà di lodare il genere umano, ma che la puzza esalante dai bipedi spennacchiati (volevi dir senza penne) m'ha fatto cambiar tendenze. Ti lagnasti della dedicatoria, ti lagnasti dell'epigrafe, ti lagnasti del prezzo, e poi degli avvisi enormi, e poi delle confessioni basse e servili, e poi dei proponimenti da marinaio. Sei andato in collera colle mie edizioni che si spacciano a furia, con mezza Milano che mi applaude, con tutto il giornalismo che mi incensa. Hai scoperto che il mio esilio è Monza, che la mia tisi è florida; hai detto in prosa italiana che io sono felice e ben pasciuto; hai soggiunto in poesia francese che io sono infelice e affamato. Hai concluso che sono molto più lungo di Buffon, molto più corto di Encelado; che insomma ho partorito un topo, e ho fatto un libro buono sì, ma cattivo. Ma, domando io, dove sta il buono, dove il cattivo? Del libro propriamente detto, del discorso sul gatto, che cosa hai saputo dire? Per quanto inconcludente e frivolo come una raccolta d'egloghe o un romanzetto erotico, è pur un opuscolo d'amena letteratura, e appunto perché inutile indica almeno pretensione a lavoro d'arte; bisognava quindi abbassarsi a esaminar l'arte per l'arte, a giudicarla nei rapporti esclusivamente estetici e letterari.

Che pensi della lingua e dello stile? Come tratto il genere descrittivo? Come ho sviluppato il mio scherzevole assunto? I più strani paradossi come ho saputo sostenerli? Qual è l'ordine o il disordine del mio discorso, e quanto bene o male se ne legano le parti? Qual è l'indole speciale di quel po' di spirito che mi concedi, e qual sarebbe l'autore che io debolmente potrei ricordare? Qual è la pagina più meschina da indicare a mio scorno e a disinganno dei facili lodatori? Insomma in tutto l'elogio del Gatto che cosa hai saputo rimarcare? Null'altro che una contraddizione sui mustacchi, la quale non vi si trova nemmeno a cercarla col microscopio. Da sì minuta disamina può ben dispensarsi chi loda; ma chi biasima con tanta rabbia e in tanta opposizione al giudizio pubblico, costui, mio caro anonimo, non avrà mai speso troppi argomenti a provar quanto ha detto.

Ora: se, scrivendo di un opuscolo che non chiedeva nessun corredo di scienza a giudicarlo, mancasti a ogni esigenza bibliografica, dimmi tu che cosa avverrà nelle occasioni, che certo non rifiuterai, di giudicare opere di medicina, di filosofia, di fisica, di storia, di geografia, d'arte militare, di musica, ecc., ecc., ecc., trovandoti di quelle materie digiuno come un eremita in quaresima? Allora (avvicinati, che per non essere inteso da nessuno ti parlerò nell'orecchio), allora i tuoi articoli bibliografici, oltre ai due epiteti che ti spiacquero tanto, ne meriteranno altri tre o quattro più espressivi e calzanti. Credilo a me, il tuo forte sta nel fare articoli, ma gli articoli bibliografici sono il tuo debole: coi medesimi non ti farai applaudire nemmeno dagli sfaccendati, ma solamente dagli sciocchi; e così ti roderai di livore restando sempre a mezza strada della mia celebrità. Ma, in compenso, con quegli articoli tu mangi, non è vero? L'infelice sono io, condannato a patire la fame.

Qui avrei finito; ma queste quattro chiacchiere con te m'han dato piacere, e mi rincresce di lasciarti. Ascoltami dunque un breve istante ancora. L'ultima parola, proprio l'ultima del tuo articolo, è Scannabue. Tu eri ben lontano dall'immaginare quale pericolo per te si chiudesse in quella citazione. Aristarco Scannabue, ossia Giuseppe Baretti, scrittore critico e satirico, ebbe, com'era di dovere, uno sciame di nemici veramente anonimi perché senza nome. Uno di costoro credette di annichilarlo con un libello furioso (e anonimo, già s'intende) intitolato il Bue pedagogo. Aristarco confutò quel bue con una serie d'articoli nella Frusta letteraria, che sono tuttora una piacevolissima lettura. Ma, non contento d'aver processato e confitto sulla croce del ridicolo quel suo avversario, gli strappò la maschera e pubblicò il nome di lui a suono di tromba... Non impallidire, mio caro, poiché il tuo peccato non è così grave da meritar quella pena. Trattasi d'un po' d'invidia e gelosia per un Gatto, e stando in proposito non volli darti che una lieve graffiatina da gatto. Sarebbe stato troppo il farti sentire la zampa di suo cugino il leone. Anzi, nol farò mai, per non diventar traditore del mio ventre affamato. Dunque io taccio, e se non hai ciarlato tu, di me sei sicuro come d'un confessore; a patto però che pubblicando io nuovi opuscoli, tu mi scriva contro nuovi articoli ugualmente sinceri e modesti: e ti prometto che avranno sempre la seconda edizione, con grande sollievo della mia fame e non poco incremento della tua fama.